@小說

青春・愛情・物語

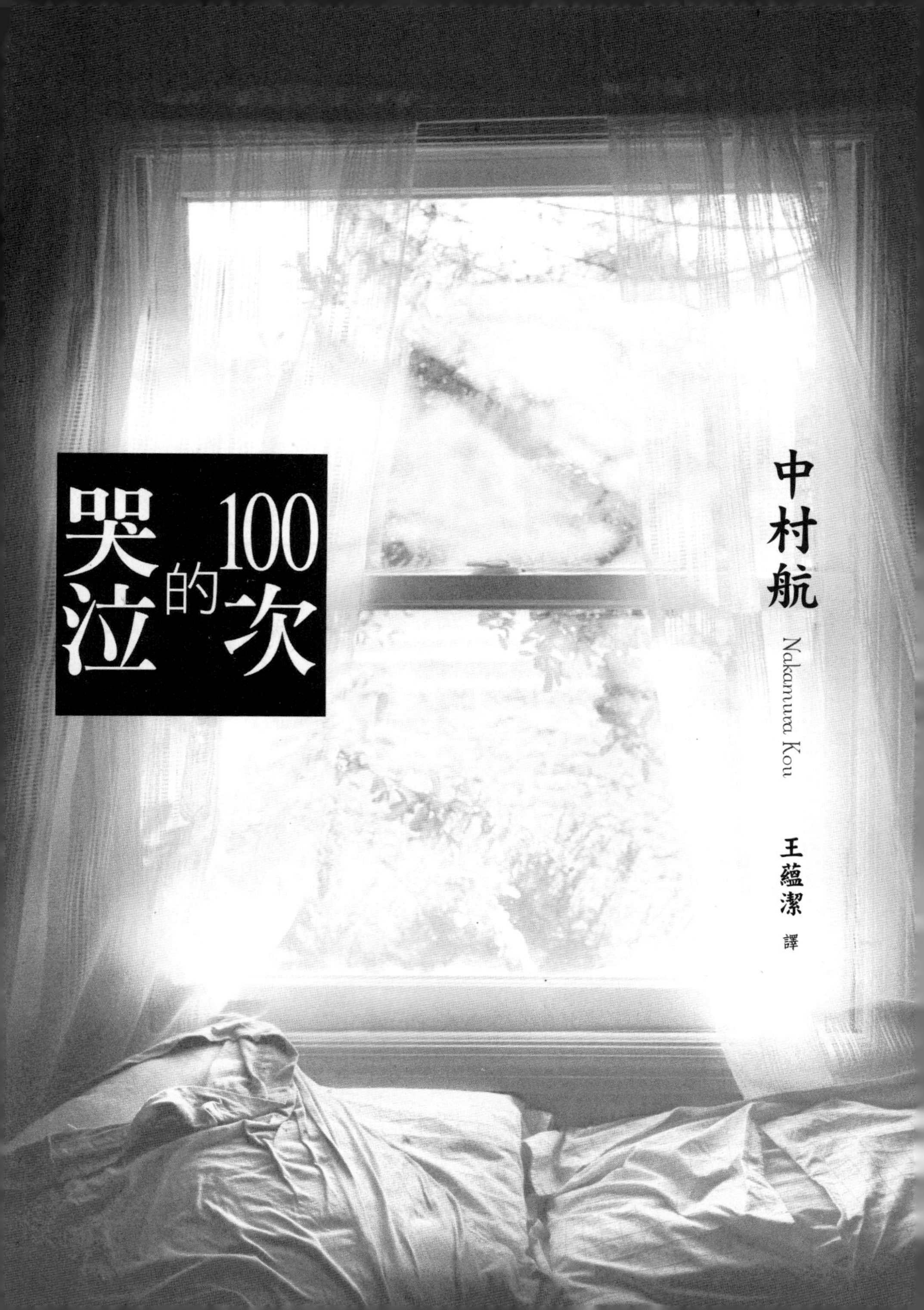

100次的哭泣

中村航

Nakamura Kou

王蘊潔 譯

contents

第一章 狗和機車

1

那隻狗快死了。母親從老家打電話來。

自從工作之後，我就不曾回過老家，所以已經有四年沒看到那隻狗了。

牠是我高中畢業的那年春天撿回來的，今年已經八歲了。雖然差不多可以稱之為老狗，但還不至於蒙主恩召吧。

我想起狗的身影，渾身覆蓋著褐色長毛的雜種小型犬。這隻可愛的小母狗有著飽滿的額頭，眼睛中的黑眼珠佔了一大部分。

母親在電話彼端娓娓說著。

——上次也是突然出了狀況。

談話內容回到狗身體發生驟變的一年前。

有一天，狗的身體突然，真的是很突然地腫了起來。母親納悶著牠到底怎麼了，才第二天，牠已經意識模糊，無法走動了。緊急送醫之後，發現，牠的BUN值超過了一七〇，發生嚴重的腎功能不全。

醫生說，牠能活著已經是奇蹟了。母親聽了，不禁淚眼婆娑。

狗閉著眼睛躺在診療檯上，雖然服用了消腫的利尿劑，但仍然無法順利排尿。

狗直接住院了，在一個小房間內接受點滴治療。隔著圓形的窗戶，只能看到牠微微起伏的白色腹部，勉強可以確認牠還維持著呼吸。

第二天，第三天……狗的身體情況絲毫未見好轉。小房間內，打著點滴的狗像死了般躺在小房間內。

——你爸也在。那天，應該是星期三吧。

母親拖著尾音說道。

狗住院後，第一次張開眼睛是在星期三的上午。隔著小小的窗戶，牠微睜雙眼，無力地看著父母。

『喔！』父親歡呼起來，母親也同時叫著，『這裡！』

當時，母親含淚敲著窗戶。

狗微微張開嘴，搖了搖尾巴。

雖然那只是如微風輕拂般的小小動作，然而，牠的確看到了父母，輕輕搖動了尾巴。

——那時候，牠應該是看到了我們，才點了火。

母親使用了點火的字眼。

從那天之後，狗的病情漸漸好轉，意識也逐漸清晰，每次見面，牠搖尾巴的動作也越來越大了。牠身體的浮腫漸漸消失，最後，終於順利站了起來。

醫生說，牠的病情能恢復得如此迅速，簡直是奇蹟。

——牠一定是一心一意想要回家裡來。

出院那天，被母親抱在懷裡的狗露出了極其安心的表情。

——回到家裡，牠東看看，西看看，臉上的表情很幸福。

母親說，她至今仍然忘不了牠當時的表情。

之後，狗在家度過了一整年與疾病搏鬥的日子。

由於牠罹患了進行性的疾病，所以這輩子都不可能痊癒了，只能藉由提升生活品質，儘可能延緩症狀的惡化。

牠還要服用可以吸附體內代謝物的藥物，持續進行食餌療法，徹底實施低磷低鈉飲食，並配合適度的優質蛋白質。同時，選擇溫暖的時間，讓牠慢慢地散散步，累了就睡，也定期去醫院檢查血液（但牠似乎打從心底討厭注射）。

如此這般，平安無事地過了一年。

據說，狗的一年等同於人類壽命的七年，所以，牠已經與疾病奮戰了七年之久的時間。

不知不覺中，牠的眼睛已經看不到，耳朵也幾乎聽不到了，更無從得知牠的鼻子是否還能發揮作用。

這幾個月來，牠都沒有外出散步，對外在的刺激也失去了興趣。

昨天，狗已經無法動彈了，只有在撫摸牠的身體，對牠說話時，才偶爾會微微地張開眼睛。

——可以拖到週末嗎？

我問。

——這個嘛……

母親嘆息似的嘟囔了一句，便陷入了沉默。

——恐怕不行吧。

那是我撿回家的狗。記得我重考的那一年，那隻狗和我形影不離，在照不到陽光的二樓房間，我用功K書，牠只顧睡覺。

難道，小狗都那麼愛睡覺嗎？

當時我並沒有多想，現在回想起來，倒覺得有點蹊蹺，因為每當我在書桌前苦讀的時候，牠幾乎都在我身邊夢周公。

我會在讀書的空檔起身伸伸懶腰，這時，牠才察覺到動靜，跑了過來。

當牠抖動身體，掛在脖子上的鈴鐺也會隨之發出『叮鈴鈴』的聲音。牠抬頭看著我，仰著飽滿的額頭，那模樣真是太可愛了。

後來，牠就會在家裡徘徊走動，走膩了，就再度回到鬧鐘旁邊。不知道為什麼，狗總喜歡靠在鬧鐘旁邊打瞌睡。

事後我才知道，原來時鐘走動的滴答聲，可以令小狗聯想起母狗的心跳聲而感到安心。

春天的時候，我考上了大學，對牠說了聲『再見』之後，便離開了家。

——喂。

我聽到母親在電話那一端和狗說話。

——你可以再撐四天嗎？

狗會用怎樣的表情，回答母親的問題呢？……我回想起牠飽滿的額頭，和黑眼珠佔了一大部分的眼睛。

我想像著牠用『我會努力』的表情抬起頭來看母親的樣子。

——應該可以撐到週末吧。

母親說道。但她應該沒有任何根據。

——知道了。

我回答，並說我會在星期天回去。

接著，我在四天後星期天的紅色數字下方，寫下了『布克』兩個字。

——拜拜。

說完，我便掛了電話。

2

那隻狗，是我在圖書館的停車場旁撿到的。

大學聯考落榜之後，我每天都到圖書館去讀書。春天非假日的圖書館，充滿了親切、懷念的空氣，我混在幾乎坐著不動的老人和同年齡的考生之間，絞盡腦汁計算著複數平面的習題。

演練經過嚴格挑選的精選題，可以高效率地掌握多種不同的解題方法。但，這是去年以前的讀書方法，今年必須更上一層樓，不僅要演練一、兩個步驟就可以解決的精選題，更要挑戰無法輕易找到解題方法的實際題型，一天做個一題、兩題或三題都可以。

我花了一整個下午的時間解出了兩道習題，準備挑戰第三題。正苦於找不到解題方法時，館內已經響起了『晚安曲』。

闔上《大學數學保證班》，我將眼光望向窗外，那是一個所有聲音和顏色都變得柔和的春天傍晚，有四、五個小學生正圍著一個箱子探頭張望。

我背起背包，站了起來。

走出閱覽室，我用力走下樓梯，球鞋和地板摩擦，發出『吱、吱』的聲音。腦海的角落，仍然想著剛才從窗戶看到的那幾個小學生，當時，我已經產生了類似預感的東西。

穿過自動門，我一邊沿著牆走，一邊思考著，會讓『小學生』產生興趣『圍觀』的，會是什麼東西？稀有的卡片？稀有的膠囊？稀有的昆蟲？罕見的顏色？還是罕見的形狀？

轉彎後，在停車場前，我看到了那幾個小學生的背影，不知道什麼時候只剩下三個人了。

當我漸漸走近，發現他們正圍著一個小小的紙箱。稀有的紙箱嗎？上面好像寫著什麼字……鳴門系。什麼是鳴門系？

我直直地走了過去，接著看到了『海帶』兩個字。鳴門系海帶？不對，紙箱上寫的是『鳴門糸海帶』。原來是鳴門海帶絲。

其中一名小學生發現我，抬起了頭，其他兩個人也回過頭來。我擠出一個親切大哥哥的表情，探頭看著紙箱。

紙箱裡有一隻狗。

那是一個巴掌大小的小狗。好小，好小，怎麼會這麼小？一眼就可以發現，牠才剛出生不久。

我擠進他們三人圍成的圈子，蹲了下來，在最近的距離觀察著。我發現小狗正微微顫抖，帶著甫出生動物特有的不安，無力地微微顫抖著。

我用雙手把牠捧了起來，牠濕潤而帶著微溫。小狗垂著頭，似乎不敢正視我。那幾個小學生興致勃勃地看著我。

『……你們幾個，誰家可以養狗？』

我環視三個小學生，感覺自己好像從發現者手上搶走寶藏的海盜。

『我家不行。』

看起來最聰明的小平頭回答。

『我家也不行。』

站在中央的眼鏡仔也說。

另一個戴黃帽子的不發一語，似乎在思考些什麼。

『那麼，我帶回去養囉，可以嗎？』我問小平頭。

我試圖藉著把小平頭當成他們三個人中的老大，滿足他的自尊心，達到我希望的目的。

『可以啊。』

小平頭毫不猶豫地回答。

『好。』我說：『我會負責好好照顧牠。所以，如果你們想和牠玩的話，可以隨時來赤坂二丁目的藤井家。』

小平頭和站在中間的眼鏡仔呵呵地笑了起來。

『是你們最先發現的，就由你們幫牠取個名字做紀念吧。』

他們三個人面面相覷。

『牠是公狗嗎？』我問。

『是公的。』

中間的眼鏡仔自信滿滿地回答。（因為他的關係，在這隻狗生理期之前，藤井家所有人都以為牠是公狗。）

『那，就想一個公狗的名字。』

我對小平頭說。

『呃——』

小平頭發出平淡的聲音。

中間的眼鏡仔皺著眉頭，露出費解的表情；而那個戴黃帽子的不知在想些什麼，半張著嘴看著那隻狗。

我找錯對象了。我在心裡想道。

小學生最大的特長是『重複』，而不是嶄新的創意。

『……小剛。』

戴黃帽子的第一次開口。

『那不是你家兔子的名字嗎？』

『太遜了。』

我倒覺得這個名字不錯，沒想到竟然被他們擅自否決了。

『還有呢？』

我看著他們三個人。

『海帶。』

中間的眼鏡仔說。因為紙箱的關係，所以取了這個名字。

『牠是公狗，怎麼可以叫海帶。』

小平頭用冷靜的聲音駁回了他的意見，幾個小學生再度靜了下來。

『……好吧，』我說：『那就由我來取名字吧。』

我必須取一個讓他們三個人都滿意的名字。

這幾個小學生腦筋很靈光，不是能隨便糊弄的，如果想不出比海帶更好的名字，我就沒有資格把狗帶回家，更不可能考上大學了。

『牠的名字嘛……』

我看著紙箱，小狗的身體縮在毛巾裡。一定要取一個夠勁爆、夠吸引人，又符合牠的名字。褐色的鬈毛覆蓋了小狗的身體，牠好小，真的超級小。

『……好，』我說：『牠是在圖書館被發現的，所以叫ｂｏｏｋ，布克。』

『布克?!』

小平頭發出了怪叫。

中間的眼鏡仔呵呵地笑了起來，戴黃帽子的也露出興奮的表情。

太好了，我心想，及格了。我想，我應該及格了。

我抱起布克，放進夾克裡胸前的位置，只讓牠的頭露出來。小狗垂眼看著前方，彷彿已經接受了所有的命運。

小平頭說了聲『布克，拜拜』，伸手摸摸牠的頭。

我讓他摸了一會兒，便騎上機車。

『有空隨時來玩，我是住在赤坂二丁目的藤井，打聽一下就知道了。』

『我會找時間去。』

小平頭露出像大人一樣的表情說。

『啪啪啪啪啪呯，啪啪呯。』

踩下發動桿，二行程的引擎聲立刻發出聲音。我稍微調整了狗的位置，讓牠緊緊貼在我的腹部。機車掉頭時，幾個小學生後退讓路出來。

——布克，上路囉！

握住離合器，機車開始前進，引擎的旋轉力量傳送到後輪，和地面緊貼在一起。我懷裡的感覺很溫暖，是一隻小狗的重量，是蘊藏在四肢內的微小力量，是生命。

我換到二檔，使機車加速。

我的身後傳來呼喚『布克、布克』的叫聲，接著是一陣笑。我催了兩次油門，回應他們的呼喚，身後再度傳來笑聲。

三檔，我和布克一起斜斜地穿過了圖書館旁文化會館的停車場。

車子騎過鋪在出口附近的鐵板時，鐵板發出了『噹』的一聲巨響。

『噹。』響亮的聲音很適合初春的傍晚。

回到家，我把布克放在二樓的房間，牠吃了剛買的幼犬飼料，也喝了水。

小狗喝著水，似乎全盤接受了與母親分離，被放在海帶絲紙箱裡丟棄的事實；也似乎全盤接受了被我撿回家，取名為『布克』的現實。

雖然我知道這是一廂情願的想法，但我覺得就是這樣。

我洗好盤子，再度回到房間時，牠已經在棉被上睡著了。

或許真的是累壞了，牠吐出一半舌頭，雙手高舉，做出『萬歲！』的姿勢，我覺得牠超可愛的，那才是徹底的睡眠。

布克真是隻愛睡的狗。

鬧鐘旁邊是牠喜歡的地盤，因為布克白天晚上都睡在那裡，所以我無法再用鬧鐘叫自己起床。要是牠窩在喜歡的東西旁邊睡覺，那東西突然叮鈴鈴地大叫的話，牠一定會被嚇壞的，我只好設定收音機的時間當鬧鐘使用。因此，我和布克每天都被收音機的英語會話節目叫醒。

布克睡醒之後，就開始在房間裡踱步，覺得膩了，便離開我的房間去其他房間探險，不一會兒，又回到我這裡，再度呼呼大睡。

微分、積分、導數、矢量、矩陣、多元方程式、極限、機率分布、統計……在布克的陪伴下，我繼續攻克《大學數學保證班》裡的習題。我覺得，和布克在一起，比去圖書館讀書更有效率。

鬧鐘維持一定的速度滴答前進，靠在鬧鐘旁的布克似乎靠吸收滴滴答答的鐘聲，一天一天地長大。

夏天來了。

我帶布克去河邊散步。

每天傍晚，我會先到門外去發動機車的引擎，然後抱起布克，放進懷裡，讓牠坐穩後，只露出小小的臉。才短短幾個月，牠已經比剛撿回來時重了許多。

我們沿著縣道往東前進，風吹得布克瞇起了眼睛，但牠仍然緊盯著正前方。我很想幫牠買一副狗用的護目鏡，但市面上根本沒有這種東西。沿路遇到開車經過的情侶時，他們都笑著指指我們。

即將到達揖斐川時，就離開縣道往左轉，沿著堤防直線前進，再慢慢騎向河畔。當我將機車停在固定的位置之後，布克就會從我懷裡爬出來。

布克一小步、一小步地向前邁進，眺望著河面。河畔的風很大，脫下安全帽，就可以聽到遠處電車經過鐵橋的聲音。

棗紅色的天空漸漸暗了下來。

打火機『咻噗』一聲點燃了香菸，我在一旁抽起菸。

布克不會走遠，通常都在和我房間相同的半徑範圍內活動，有時候牠會稍稍移動腳步，聞聞青草和石頭的味道。

當我從口袋裡拿出布球時，布克就會眼睛發亮地抬起頭看我。

只要我輕輕往前一丟，牠就順著球的方向望去，然後對我露出興奮的表情。等到我用手一指，命令牠『去撿回來』的時候，牠才搖搖晃晃地跑去撿球。

我有時候會心血來潮在河畔跑步，布克就在後面拚命追趕。

跑膩了，就開始丟石頭。那是沿著水面丟擲的漂投法，飛出去的小石頭掠過水面，啪啪地激起水花，布克則張著嘴在一旁欣賞。

『去撿回來。』

當我用手指著對岸時，牠會用『你開玩笑吧？』的表情抬頭看我。

這傢伙太可愛了。

有一次，我故意不帶牠回家，因為我想測試一下，牠會跟我到多遠。

我騎著機車在堤防上加速，布克拚命追趕了一陣子，最後終於心灰意冷地停下了腳步。我看著布克在照後鏡中的身影越來越小。

一會兒之後，我繞回去一看，發現牠正乖乖地坐在我留下的棒球手套旁，一臉早就知道我會回去找牠的表情。

『你真聰明。』我摸著牠的頭，牠露出『你看得出來嗎？』的表情對我輕輕搖著尾巴。

這傢伙太可愛了。

我們在那裡玩到天黑，再度騎上機車回家。即使到了秋天和冬天，只要不下雨，我們幾乎每天都去河邊。

春天之後，我向布克道別。

拜拜囉。臨走時，我摸了摸布克的頭，牠興奮地搖著尾巴。

我想起圖書館的那幾個小學生。那幾個小鬼，根本沒來玩過嘛，我在心裡想道。

不過，小學生嘛，差不多都是這樣。

3

『你騎機車回去吧。』

她在電話中說道。

『機車嗎……』

我曾經多次和她提起布克的事。

我用機車撿回來的狗，從小到大，牠只要聽到機車的引擎聲，就顯得特別興奮。牠對四行程機車的引擎聲沒有反應，只對二行程有反應，牠能夠分辨出兩者的不同。

我上大學第一次回家的時候，牠聽到久違的機車聲，高興得跳著打轉，最後還因為太興奮，不小心尿了出來。

『我也很想啊。』

我說。

『但是，很久沒有騎，差不多都報廢了，引擎也應該沒辦法發動了。』

『是喔……』

她沉默不語。

好寧靜的夜晚。

電話的那一端毫無任何聲響，她在腦袋中的思考彷彿和我的想法連結在一起了。

深夜的電話，會讓人的心靈更加靠近。

『……引擎沒辦法發動嗎？』

『呃——』

我陷入思考。已經差不多四年沒有碰過那輛機車了。

『有點困難，但如果花一點時間，應該有辦法修好。』

『那你就死馬當活馬醫，試著修修看嘛。星期六我也會過去幫忙。』

『呃，不過……』

我們握著電話聽筒，靜默不語。

話筒中的無聲，令我想起了停車場的那輛機車，在簡陋的路燈照耀下，那份不動的寂靜和鐵塊溫熱的暖度，機車上恐怕已經積了很多灰塵吧。

『試試看吧。』

她又說道。

從現實的角度來看，讓機車重生的可能性相當低，但我能夠為布克所做的，就只有把機車修好而已了。

『……好吧。從明天起，我會開始修修看。』

『太好了！』

她顯得很高興。
『沒問題的。我以前在一本書上看過，天下沒有修不好的機車。』
『是妳亂說的吧？』
『對。』
『哈哈。』
我笑了起來。
『星期六，要記得穿不怕髒的衣服過來。』
『我會記得。』
夜越來越深，我們再度陷入沉默。
『我覺得……』
我正打算說拜拜時，她突然開了口。
『布克或許撐不下去了，但機車應該可以復活，這樣說會不會很奇怪？』
『嗯。』
回答之後，我覺得自己好像也有話要說，卻有點像抓不住的霧。

我努力將意識集中在這層霧上，但仍然無法將之轉化為言語。我靜靜地呼吸著，感覺夜已經滲透進了體內。

『……那就拜拜囉。』

我說。

『嗯。』

『晚安。』

『嗯，晚安。』

停頓了一下，我才掛上電話。

4

拉開窗簾，今天六點不到就起床了。

晴朗的早晨，燦爛的陽光照進房間的每個角落，我穿上舊牛仔褲，喝了杯咖啡。

用水桶裝了水之後，我走到屋外，往公寓後方小巷裡的停車場走去。照不到陽光的停車場就在公寓旁邊，有兩輛腳踏車和一輛小綿羊機車都停在停車格外，後方則整齊排列著二十輛左右的腳踏車。

越往裡面，這些腳踏車的使用率也就越低。佈滿灰塵的腳踏車、已經無法辨別顏色的腳踏車、兩個輪胎都爆胎的腳踏車、鋼索都折斷的腳踏車；再往裡面走，就是我那輛完全沉默的機車了。

它始終停在那裡。

我每天經過停車場時，都對它視而不見，在這四年之間，那輛機車始終如一地停在那裡。每年春天收到稅金繳納催款單的時候，我都會猶豫是否要將它報廢，但最後還是逃也似地衝到銀行，匯了二千四百圓。

戴上手套，我握住握把，踢開支架。移動機車時，機車發出了『咯吱咯吱』的刺耳聲音。

我好像在寫倒置的人字般移動著機車，穿過停車場，到了小巷，腳下仍然傳來不祥的聲音。

『咯吱咯吱咯吱』。

來到放著水桶的位置，我停了下來，撐起支架，往後退三步，仔細端詳著機車。陽光下的機車積著密密實實的灰塵，好像是從灰塵中挖掘出來的古代文物。

頭頂上傳來烏鴉的叫聲。

我不假思索地把水倒在車體上，水桶裡的水倒完之後，再回到家裡取水。

第二桶，我一邊用刷子猛刷車體，一邊大量倒水。第三桶，污水流入了小巷旁的水溝裡。第四桶，我又聽到了烏鴉的叫聲。第五桶，從車體滴落的水似乎變透明了。第六桶，最後又跑了一趟。

最後，用舊T恤擦完整個車體，我以袖子擦了擦汗，審視著車體。

眼前，是一輛在朝陽下閃閃發光的機車。

表面的油漆反射著陽光，樹脂零件也乾淨閃亮。

我把T恤丟進空水桶中，說了聲『很好！』

外觀已經恢復原貌了，像皮膚般覆蓋著表面的灰塵有效預防了機車風化，只有框架和排氣管小有鏽斑而已，鏈條也完全沒有問題。預燃室雖然已經完全鏽了，但看起來會以為那原本就是褐色的零件。

『很好！』

我又叫了一聲。

接下來，就要看看引擎能不能夠發動了。或許，它會出乎我的意料，一下子就發動了也說不定。

記憶漸漸甦醒，我記得最後一次騎機車後，我應該有做好迎接冬天的防範措施。沒錯，我是個很照顧機車的騎車人。

我又叫了一聲『很好！』用力拍了拍機車的座墊。

四點，我離開公司，來到上野的機車街❶。

買了新的電池，在請店家幫我充電的同時，也順便買了火星塞、空氣濾清器和引

※本書全為譯註

❶上野有一條專賣機車和機車相關物品的街。

擎油。我看還有一點時間，就在附近的牛丼店吃了晚飯，修理機車當然要吃牛丼。

帶著充完電的電池回到家裡，把所有工具放進背包，我再度前往停車場。

我把機車推到附近的投幣式洗衣店前面，那裡很亮，又很平坦，只要時間不會太久，應該不會有人抱怨。

空無一人的投幣式洗衣店裡，只有乾燥機的滾筒旋轉著。我停下機車，立刻開始工作。

首先，拆下空氣濾清器和火星塞。雖然外表看起來沒有問題，但我還是決定換新的，也為它加了油。

拆下座墊，檢查了一下引擎。極板周圍蒙上了大量的白色粉末，粉末本身已經風化，像藤壺❷一樣黏在上面。我假裝沒有看到，動作俐落地換上新的電池。

確認配線之後，我將鑰匙轉到ｏｎ，車前燈靜靜地照亮了前方。

『很好！』

我叫了一聲，心想，好戲要上場了，終於要面對核心的部分了。

打開油箱蓋，四年前加滿的汽油變成了噁心的液體。我搖搖油箱，液面搖晃著，發出『啪答』的聲響。

聽說汽油放久了會變質，但依目前的情況看來，似乎還不至於這麼糟糕，只是好像又變成了沉睡在地底深處的黑色液體。

我用手電筒照了照，汽油表面並沒有鐵鏽或雜質的樣子，卻完全失去了汽油應有的異味和揮發性這些特徵，難道經過了四年的時間，牛奶變成奶油了嗎？

洗衣店裡的乾燥機停了，聲音也靜止了。

我想，直接發動引擎的後果將不堪涉想吧，於是決定先換汽油。我把換下來的零件綁在後架上，再度背上背包，把機車推向加油站。

抬頭望向月亮，是滿月。

看了一下里程表，超過了兩萬公里。二〇一〇六公里，竟然騎了這麼多。

國中的時候曾經學過，赤道繞地球一周的長度約四萬公里，也就是說，我和這輛機車已經繞地球跑了半圈。之後，機車在停車場裡沉睡了半年，我則進入目前這家公

❷一種有著石灰質外殼的甲殼類動物。

司，也遇見了現在的女朋友。

光線從後方照了過來，影子朝前方拉長，高大的車體超越了我們，影子又躲到後面去了。

在前天之前，我的腦子裡完全沒有機車和布克的影子。注視著遠處的汽車尾燈，我推著機車繼續在夜色中前進。

當里程表超過二〇一〇七公里時，終於抵達加油站了。

我握著煞車，車體往下一沉，停了下來，這時我的背後已經大汗淋漓。

加油站的員工走過來，露出『怎麼了？』的表情。我向他說明事情的原委，男人笑著說：『喔，好，好。』

『就先去那裡吧。』

我把機車推到他手指的位置，男人拿來一個裝廢油的白色塑膠桶。

『全部倒完之後，叫我一聲。』

男人雖然這麼說，卻沒有轉身離開。

我拿出工具，他『啊，啊』地叫了起來。

『兄弟，活動扳手不行，你有沒有梅花扳手？』

『不，我沒有。』

『你等一下。』

男人的嘴裡說著『梅花扳手，梅花扳手』，便快步朝裡面走去，我放下活動扳手等著他。

『這個借你用。』

男人回來後說。

『謝謝。』

『用活動扳手容易打滑。』

『嗯，謝謝你。』

我接過梅花扳手，套在濾清器上，用力向右轉。

『怎麼樣，有沒有東西積在上面？』

我用手指在濾清器上抹了一下，發現除了褐色的液體以外，還有像是鐵鏽般的東西。男人伸長頸子，發出呻吟般的慘叫聲。

『啊，這可糟糕了。嗯，真的很糟糕，這代表油箱裡面生鏽了。反正，要先把舊的油給倒乾淨。』

『嗯。』

我把油路閥門扭向儲備的位置，原本是汽油的液體流向了塑膠桶。

『哇噢，厲害，厲害！』

男人興奮地叫了起來。

『這樣可能不行喔。』

男人探出身體，看著塑膠桶裡面。

『你有多久沒騎了？』

『四年了。』

『四年！』

男人驚叫起來。

『照這個情形來看，光換汽油恐怕還不行。』

他站在我旁邊，看著從車中不斷流下的液體。男人的胸前掛著名牌，上頭寫著：

『服務人員　加藤。』

後方有燈光照了過來，我回頭一看，有輛車子正開進加油站。

『歡迎光臨！』

加藤先生一邊叫著，已經一邊跑向那輛車子。

『來，來，來，來，來。』加藤先生的聲音響徹夜空。『好，ＯＫ。』

我將視線移回不停流出的液體。液體已經裝滿半個塑膠桶了，深褐色的液體感覺有點噁心。

這到底是什麼東西？經過了四年的光陰，大豆也變成醬油了嗎？液體的流量漸漸減少。

『謝謝光臨！』

加藤先生精神抖擻地大叫一聲，接著又是一陣車子的引擎聲。

『情況怎麼樣？』

加藤先生回來後問道。

『大部分都倒出來了。』

『好，那先用新的汽油沖一下，把旋閥關上吧。』

我轉動旋閥，最後一滴汽油變成大大的球狀掉了下來。加藤先生把油槍塞進油箱口，對我擠出一個笑容。

『剛才給那個客人加油時，我偷留了一些。』

油槍裡大約有兩公升左右的油，加藤先生把汽油加進了我的油箱。

『呃，』我問：『這樣不會有問題嗎？』

『沒事，沒事。稍微揩點油，誰會知道？』

『加藤先生。』

『嗯？』

『謝謝你，我會一輩子追隨你。』

『哇哈哈哈。』

他笑了起來。蓋上油箱蓋，貨車轟隆隆地駛過前面的國道。

『可不可以請你坐上去？』

我二話不說地騎上機車。

『腰部稍微抬起來，用力搖車子。』

我慢慢用體重搖動機車。

『對，更用力搖。更用力，更用力。』

加藤先生越來越大聲。

『搖大力點，更大力。對，用力搖，對，很好，很好。』

我做出騎馬中的猴式姿勢❸，拚命搖動著機車。

『好，再加把勁。繼續，繼續，對。好，更用力，更用力。』

機車好像牛仔木馬一樣劇烈搖晃著。

『好，ＯＫ了。』

加藤先生拍了拍機車背，好像馴服了一匹脫韁的野馬，然後把手伸向下方，打開了濾清器的蓋子。

『喔喔，還有積污。』

❸不坐在馬鞍上，腰部懸空，用膝蓋控制身體平衡的前傾騎馬姿勢。

加藤先生樂滋滋地說。

『你再慢慢搖，要輕一點喔。』

我按照指示搖晃著機車，輕輕地，好像在搖動搖籃。

『對，很好很好。對，就是像這樣。輕輕地，慢慢地。』

他的聲音變得很柔和。

ＦＭ廣播傳來很沒有質感的聲音。

『我們在世界的中心——』女人的聲音悠悠地唱著。

『差不多了，你可以下來了。』

我下了機車。

『要整台車抬起來，才能完全倒出來，你抓住那裡。』

加藤先生握著右側把手，我握著左側。

『一、二、三。』

我使出吃奶的力氣，把車體抬到水平的位置。

『好，很好很好，流出來了。』

加藤先生斜眼看著濾清器。

『再等一下。』

加藤先生說。

『再撐一下下。』

加藤先生說。

『……好，可以放下了。』

我們讓前輪輕輕著地。

『嗯，』加藤先生說：『還在慢慢流出來，我們先休息一下吧。』

『好。』

加藤先生率先走進休息室。

『和你相遇的奇蹟，是我的至寶……』女人的聲音在廣播中繼續唱道。

『要不要喝咖啡？』

我把硬幣丟進休息室的自動販賣機，問道。

『啊，不好意思。』

加藤先生說。

『那麼，麻煩給我那種長罐子的，對，藍色的。』

我買了兩罐藍色的，將其中一罐遞給加藤先生，我們在休息室的桌子旁坐了下來。

『接下來，把新的汽油加進去，就看引擎能不能發動了。』

加藤先生拉開易開罐的拉環，說道。

『放了四年，恐怕很困難吧。如果無法發動，就是化油器的問題了。』

『化油器嗎？』

『對，絕對不會錯。別看化油器長那樣子，其實是很精密的機器，只要稍微有點阻塞，車況就會受到影響。現在的機車和汽車不都改用電子噴射裝置了嗎？』

『嗯。』

『電子噴射裝置好像是用電腦控制的，可以配合引擎的旋轉次數，再由電腦算出混合比，把汽油和空氣混合之後，就噗滋地送到引擎。』

加藤先生把咖啡罐放在桌上。

『化油器則是利用噴霧原理，發揮完全相同的作用。首先，要靠氣壓把汽油吸上來，利用小洞調整混合比，油面也是由浮筒進行調整。化油器很厲害喔。所以，只有化油器，才能讓人真正體會到調整的醍醐味。』

『是嗎？』

『當然囉。』

加藤先生高興地笑了起來。

『雖然結構很原始，卻是精密的構造。只要用針尖刺一個小孔，引擎的狀況就不一樣了。嗯，但兄弟你這輛車嘛……』

加藤先生環抱雙臂，閉上眼睛。我看了一眼他手上的錶，已經過了十一點半。

『只能拆下來看看了。』

他張開眼睛說道。

『拆下化油器，用煤油之類的清洗一下，把黏在上面的積污洗掉，只能靠這種方法了。不過，分解的時候要非常地小心；化油器本身是鋅做的，用力擦沒關係，這種事，練習一下就習慣了。正因為是化油器，才能夠這麼做。啊，對了，在拆的時候，抽菸很危險，老實說，咦……啊。』

加藤先生看著外面。

『又來了。』

一輛貨車正駛入加油區，加藤先生緩緩站了起來。

『兄弟，等一下我幫你加油，你把車推過來。』

『好。』

加藤先生走了出去，大聲叫著『歡迎光臨』。

我喝完剩下的咖啡，回到機車那裡。

油已經漏完了，我用梅花扳手裝好濾清器，把機車推到加油區。旁邊剛好有部高壓打氣機，我順便幫輪胎打了氣。

不一會兒，加藤先生就回來幫我加油。新的汽油注滿油箱，很快就加完油了。

我付了錢，對他說：『萬分感謝，你真的幫了我大忙。』

『沒事啦，反正晚上都很閒。』

『那麼，加藤先生，』我說：『我來試試引擎。』

『好。』

加藤先生瞇起眼笑著。

我騎上機車，把腳放在發動桿上。

腳底找回了暌違四年的感覺。我握著把手，調整呼吸，然後，用力踩下發動桿，撕裂了令人屏氣凝神的寂靜。

『喀啦喀啦喀啦喀啦喀啦喀啦喀啦喀啦喀啦。』

引擎轉動後，又停了下來，再度恢復寂靜。

『再試一次。』

加藤先生用平靜的聲音說道。

我調整呼吸，再度踩下發動桿。

『喀啦喀啦喀啦喀啦喀啦喀啦。』

引擎轉動，又再度停了下來。試了幾次，還是老樣子。

不行嗎？我嘆著氣。

加藤先生說：『給我看看火星塞。』

『……都濕了。』

拆下的火星塞前端附著了大量汽油，很明顯的，並沒有提供理想的混合氣。
『這個嘛……』加藤先生說：『是化油器的問題。』
『化油器。』
我把火星塞裝了回去。
『今天就先這樣子，明天再洗化油器看看。』
『是嗎？這樣才對，要小心點。』
『好。真是感恩不盡。』
我向加藤先生鞠了個躬，化油器師傅笑著點點頭。
『路上小心。』
『好，謝謝你。』
我踢起支架。
『我走了。』
我轉身推著機車。
由於剛才幫輪胎打了氣，推車時比剛才來的時候輕鬆多了。

走了一小段，回頭一看，化油器師傅仍然目送著我，徒弟又微微鞠了個躬，師傅則揮著右手。

我抬頭看向天空，月亮已經不見了。

好漫長的一天，我在心裡想道。手臂和肩膀又痠又痛，我推著機車走在夜色中，腦袋裡思考著今天這一天的主題。

——等待我的布克。

——復活的機車。

——牛奶變成了奶油。

——大豆變成了醬油。

——梅花扳手和牛仔木馬。

——遇見化油器師傅。

——遇見你太好了。

——從朝陽到月夜……

明天來拆化油器吧。
後天，她也會來幫忙。
貨車轟隆隆地超越了我。
我的步伐配合著六月的夜，一步一步，走向回家的路。

5

一大清早，我就把機車從停車場裡推了出來。
鬆開螺栓，拔掉軟管，我拆下細管和電線，並用麥克筆在零件上做記號，免得到時候無法組裝回去。
化油器雖然露了出來，卻仍然緊緊地固定在車體上，我試著用力左搖右搖，它突然鬆脫了。
我把機車推回停車場，拿著化油器回到家裡，洗了手，便直接去沖澡。沒有時間繼續修機車了，雖然時間有點早，但我還是決定先去公司。

上班途中，我買了一瓶一點五公升的保特瓶裝麥茶，搭上電車。或許是時間還早，電車比平時空，我提前兩站下車，走了十五分鐘到公司，和警衛打了招呼，沿著工廠的牆壁，走進公司的區域。

工廠還沒有動靜。這裡原本有條二十四小時無休的生產線，但如今工廠的主要生產工作都已經移到外地和海外了，這裡只剩下一小部分印刷機器的生產、設計及技術部門而已。

走上和工廠相連大樓的三樓，換好制服，我打開辦公室的電燈，啟動了ＣＡＤ。或許是因為早起，也可能是心裡有著小小的成就感，感覺頭腦特別清晰。我不時喝著麥茶，畫起設計圖來。

上午已經把預定在本週完成的設計圖交了出去，還製作了進度表，下午則完成兩張訂正圖，也開始著手新的圖稿。打電話和零件廠商聯繫，把規格說明書傳真過去之後，時間已經過了四點。

寫完週報，下班鐘剛好敲響，我一口氣喝完剩下的麥茶，站了起來。

我用自來水洗了洗保特瓶，穿過工廠大樓，走向試製室。

試製室就在照不到陽光的組合屋深處。工廠廠區在『整理、整頓』的呼籲之下，每個角落的光線都十分明亮，很顯然的，試製室是個被遺忘的角落。

隔著鋁門窗往裡面看，我看到試製室的主任石山先生的背影，他正在辦公桌前寫東西。

我慢慢打開門。

『叮叮叮叮。』

門上的掛鈴響了，石山先生轉過頭來。

『你好，』我說：『可不可以向你要一點溶劑，我家裡要用的。』

『好啊。』

石山先生二話不說地答應了。

用紙捲成圓錐狀做成漏斗，插在洗好的保特瓶口上。拎起裝有溶劑的桶子微微傾斜，我很快就聞到了強烈的揮發性異味。

『要拿來做什麼用？』

石山先生問。

『用來洗化油器。』

我維持倒溶劑的姿勢回答。

『化油器？』

『對，機車的化油器。』

『喔，』他說：『用的時候小心點，這可是易燃物。』

『我知道。』

走出試製室，『叮叮叮叮。』掛鈴又響了。

回到公寓，脫下鞋子。

剛好可以用一隻手握住的化油器，就放在房間角落攤開的報紙上。

這個鐵塊，宛如古代機器人的心臟，把汽油和空氣吸入內部的細管就像靜脈，將兩者混合後送入引擎的大動脈。

插這些管子的洞口上，有我早上用麥克筆留下的記號。

放下東西，洗了洗手和臉，我準備了一本素描簿、４Ｂ鉛筆和一字螺絲起子，開始分解化油器的工作。

拆下所有的螺絲，我在素描簿上畫了簡單的示意圖，還記錄下詳細的備忘錄，以免組合時毫無頭緒。

看到尖尖的、像閥門一般的零件，就稱之為尖閥；下巴形狀的零件，就命名為下巴。每一個步驟我都小心謹慎，隨時寫下詳細的筆記，以便了解到底是從哪個地方拆下來的。

正當我拆下喇叭的時候，電話響了。

——從下巴把喇叭拆下。

我急忙記下這一句後才接起電話，是她。

『嗨，』她的聲音很開朗。

『今天比較早下班，我等一下去找你好嗎？』

『嗯，好啊。』
『要不要我帶什麼東西？』
『呃，牛丼。』
『牛丼？』
『修機車當然要吃牛丼。』
我說。
『涼麵和豬排飯都不行喔。』
我再次強調。
『知道了。』
停頓了一下，她才回答說：『我一個半小時之後會到。』
一個半小時，她對時間的正確估算遠遠超乎我的想像。我看了時鐘一眼，分針轉一圈半，就是八點十七分，那時候，她就會現身。
——浮筒蓋在安全帽右側，用螺栓鎖緊。
我在素描簿上補充了這一句，繼續展開作業。

拆下四個螺絲，慢慢抽出袖裡劍❹。

——注意不要弄破袖裡劍外側的黑布。

取下側蓋後，拆下鰓、O形圈和彈簧，覺得似乎看到了未來。

然後，拔下金色凸起物和桶形閥，拆下墊圈。桶形閥畫得很像喔。

只剩下最後一小部分了，成功即將在望。

我不清楚怎麼拆下棍棒，但用金色凸起物從反面一推，輕輕鬆鬆就拆下來了，我又詳細記錄下來。

接著，小心翼翼地轉動慢速噴油嘴。

電話鈴聲再度響起。

這次是母親，她說布克的身體狀況大為好轉。

原本整天躺著不動的布克，昨晚突然站了起來。

今天去醫院檢查之後，發現牠的BUN值已經穩定下來。母親說，此刻牠正站在電話旁邊，仰頭看著母親。

母親語氣開朗地告訴我這些情況，聊了很久。

我『嗯、嗯』地點著頭聽她說。

——把墊圈套在金色凸起物上，再裝到章魚嘴上。

我又在素描簿上補充了這一句。

在機車獲得重生的同時，布克也在慢慢康復中。我一邊想像布克仰頭看母親的那雙眼睛，一邊把金色凸起物畫下來。

八點十五分一到，她準時出現在我的公寓。

一走進玄關，她便『嗨』地把牛丼遞給我。

她穿著舊牛仔褲和深藍色針織衫，很乖巧地穿了不怕髒的衣服。

『有一個好消息。』

我接過牛丼時說：『剛才，我媽打電話來，說布克復活了。』

❹古時候藏在衣服中，作為突擊用的小型匕首，這裡用於指零件的外形。

『是嗎！』她發出興奮的聲音，『那牠的病治好了嗎？』

『不，牠的病不可能治好。』

我站在廚房，把麥茶倒進杯子。將麥茶端到桌上之後，在她對面坐了下來。

『呃——』

我把從母親那裡聽到的事，一五一十地告訴了她。

整天躺著不動的布克，連眼睛都沒有張開。

母親不時對著牠說話。

——哥哥快回來了。

——你一定要撐到哥哥回來。

母親摸著布克的背，一次又一次地告訴牠。但布克始終閉著眼睛，輕聲呼吸著，無法知道牠有沒有聽到。

——快了，哥哥就快回來了。

——就是把你帶回家的哥哥。

昨天晚上，布克突如其來地站了起來，在驚訝的父母面前，開始吃起飼料。
『真是被牠嚇到了，』母親說：『牠一定是覺得，要好好活著等你回來。』
母親用道地的岐阜腔說。

『布克……』
她倒抽著氣說道。
『好厲害，布克。』
『嗯，牠真的很帥。』
我們沉默了片刻。
『我可以哭嗎？』
她說著，真的流下了眼淚，我拿了一張面紙遞給她。
『所以，布克暫時沒有問題了。』
我說。
她點點頭，用面紙壓著眼睛。

『這個星期，我要好好修機車，下星期再回老家。』

嗯，嗯，她點著頭。

『記得拍照片回來。』

『好。』

我又拿了一張面紙給她，她用力擤了擤鼻子。

『來，吃牛丼吧。』

『嗯……』

她又輕輕擤了擤鼻子，我們面對面吃著牛丼。

『要不要喝咖啡？』

我問。

『好。』

我走進廚房，把水壺放到瓦斯爐上，再把杯子和咖啡過濾器放在托盤上。

『牛丼和咖啡很配。』

『喂，』她沒有回答，反倒問我說：『這是什麼？』

她走到房間角落，拿起了保特瓶。

『異丙醇，分子式是（CH3）2CHOH。』

『什麼意思？』

『我從公司拿回來洗零件的。』

『喔。』

水開了，我把熱水沖進托盤上的杯子裡，同時也用足量的熱水，沖在陶製的咖啡過濾器上。

『嘩。』

蒸氣緩緩上升，被吸入抽油煙機。

以前，我曾經在電視上看過泡中國茶的方法，解說的人介紹道，要淋上足夠的熱水，然後把大量熱水倒在像玩具般的茶器上。

那個畫面對我造成了不小的衝擊，因為那是我第一次知道，原來這才是正確的步驟。

從此之後，每次泡咖啡時，我也會在器具淋上大量的熱水。這裡是遠東的島國，東、西方流派的根源都是相同的，Like this。

用熱水淋完器具，把兩匙咖啡豆倒進濾紙，我慢慢地將熱水倒入，使咖啡豆整體受熱，可以完全泡開，冒著小氣泡的液面在濾紙中形成一個咖啡色的圓。

經過烘焙的咖啡豆香迅速在廚房內擴散。

她不知道什麼時候走到我身後，看著我。

『好香。』

她說。

我們把泡好的咖啡端到桌上。

『真好喝。』

她喝了一口之後，說道。

『是不是和牛丼很配？』

她沒有回答，又說了一次『好喝』。

反正，好喝就好。

『機車修好的機率差不多有五成。』

我向她說明機車的現況。

外觀完全沒有問題，能夠換的零件也都換了，但引擎無法發動。接下來，只能試著清洗化油器，如果還是不行，我就無能為力了。

她神情嚴肅地點著頭，我繼續說明著。

我已經分解了化油器，也從公司帶來有機溶劑回來清洗零件。

『最近不管是汽車還是機車，都改用電子噴射裝置了。』

我說。

『只有化油器，才能讓人真正體會到調整汽油和空氣比例的醍醐味。』

她放下咖啡看著我。

『化油器很厲害喔，它利用噴霧的原理，完成氣缸送混合氣這種精密的工作。』

徒弟從師傅那裡學來的知識，必須繼續傳承下去。

『反正，它很厲害就對了。』

我強調說。

『我大概了解你的意思。』

她神情嚴肅地說。

『等一下，我就要洗化油器。』

『好。』

我們各自喝完咖啡。

晚上九點。我們吃完飯，喝完飯後的咖啡。星期五晚上已經過了一半，剩下的一半即將開始。

6

我們拿著牙刷、水桶和手電筒來到陽台上。

隔壁房間透出了燈光，我把有機溶劑倒進水桶裡，將化油器的零件丟了進去。

我拿起一個零件，在手上端詳著，她用手電筒燈照著我的手。

積污像海藻一樣黏在上面，感覺像是分子層次的緊密結合。

我用牙刷用力刷洗積污。

污垢慢慢地、慢慢地清除了，溶劑散發出強烈的揮發性異味。

『有點暈暈的。』

我說。

『很high嗎？』

她笑著問。

『有點high。』

揮發的溶劑彷彿移動了夜的相位，她手上手電筒的溫暖的燈光，把我的手照成了橙色。

下巴、鰓、右安全帽，我將洗好的零件一一排在陽台上。

『要不要讓我來洗？』

她在旁邊看了一會兒，說道。

我們交換了牙刷和手電筒。

她開始洗袖裡劍，我照著她的手，影子往下方擴散。她纖細的手指好像手影戲般動作著，我看得出了神。

隔壁房間的燈光不時改變著顏色，可能電視就放在窗邊吧。圍籬外，是我昨天去過的投幣式洗衣店。

我順著昨天推機車走過的路望去，直直往西走，再向右轉，從浮在空中模糊的亮光之中，我認出了國道旁的加油站，不知道師傅今天晚上有沒有上班？……

『哈哈哈。』

她笑了起來。

『的確會有點暈耶。』

『換我吧？』

『沒關係，再等一下。』

我再度欣賞著手影戲，深黑色的影子不斷改變著影像，我改變了手電筒的角度，影子也隨之拉長了。

此時，遠處傳來拉下鐵捲門的聲音，也可能是打開鐵捲門的聲音。

『……我們結婚吧。』

我對她說。

她右手拿著牙刷，左手拿著桶形閥。

我又改變了手電筒的角度，這次，影子縮了起來，彷彿在逃避光線似的。我將空著的左手移到手電筒旁，選擇陰影最深的角度，似乎有那麼一剎那，深黑色變成了狐狸的形狀。

『好，』她說：『我們結婚吧。』

隔壁房間的燈又改變了兩次顏色，遠處傳來打開鐵捲門的聲音。

說『謝謝』好像有點奇怪，說『那我們以明年為目標』又顯得不解風情。

我吹了一聲口哨，『咻！』原本想要吹一個響亮的口哨的，但不小心漏了氣，發出奇怪的聲音。

『但是，為什麼？』

她轉過頭，嫣然一笑。

『為什麼現在說？』

『異丙醇的力量。』

『呵呵呵。』

她笑了。

『今天是幾號？』

她問。

『六月，十一號。』

我回答。

『記住這個日子。』

『那我記六月，妳記十一號。』

『好，記住了。』

『我來吧。』

我們交換了手電筒和牙刷。我拿起尖閥，她拿著手電筒。

『當對方說：「我們結婚吧。」一般很難拒絕。』

她照亮我的手，說道。

『哪有這種事？』

『不，很難。一般很難拒絕。』

當她想要強調某種意見時，經常用『一般』這個字眼。

『啊，但是，』她說：『如果在夜景很美的餐廳，用精心設計過的方法遞上戒指的話，或許有辦法拒絕。』

『這樣的話，可能會拒絕吧。』

我用牙刷用力刷洗尖閥。

生活中發生的許多事，使我們穿過一個又一個的點，我們從其中挑選了幾件事，拉成一條線，用這樣的方式，編織著我們的故事。

我將布克、師傅和有機溶劑連成一條線，向她求了婚。

『六月。』

我一邊洗著金色凸起物，一邊說。

『十一日。』

她握著手電筒說。

半徑五公尺的夜，被半徑五十公尺的夜所吞噬，包圍它的半徑五百公尺的夜，又融入了半徑五公里的夜。

我們把所有零件都洗得一乾二淨，彷彿為它們注入了新的靈魂，又彷彿在祝福著我們的前途，也彷彿一切都可以重來。

洗完化油器，回到了房間。

我們在床上牽著手，進入了夢鄉。

7

六月十二日的早晨。

晴天，吹東風。

廣播節目播報員報告了天氣概況之後，便是節目主持人的九點報時。我們在廚房聽廣播，她正在煎蛋和培根，我正在烤吐司、泡咖啡。

她把培根蛋裝在茶色邊緣的盤子裡，我把吐司放了進去，端到桌上。

這是求婚後的第一次早餐，兩個人一起吃的小麥色吐司妙不可言。

我認為，吐司是因應狀況的食物。

好吃的吐司和難吃的吐司，本身並沒有太大的差異，得視當時的氣溫、濕度、時間、地點或背景音樂、一起吃的對象、昨天看的電影、對未來的展望或是預感，所有這些事物的濃淡，決定吐司好不好吃。

收拾好吃完的盤子，我們並排站著一起刷牙。

鏡子中的她看著我，我也看著鏡子中的她，我們開始刷牙，以鏡子為媒介凝視著對方。

在她刷右上方的牙齒時，我也刷那裡；她移到左下方時，我也跟著移到左下方。

她發現了，輕輕笑了笑，我也笑了。接著，她的牙刷往左上方移動時，我也緊追不放。

她用『你還在玩喔？』的表情瞪了我一眼，我也瞪她。

當她彎下腰漱口時，我又學她，我們同時發出『呼嚕呼嚕』的聲音，相互搶著杯子，把嘴裡的水吐掉，發出一陣爆笑。真是一對白癡情侶。

這裡是頂點也不錯，我用一種下山的心情想。以後不需要再往上爬，只要思考如何往前走。

我和她之間，彷彿有一個球體，只要增加或縮短這顆球的半徑就好。球體的半徑可以縮短到一公尺，也可以延伸到地球的半徑。時而加以固定，時而使之自由彈跳；時而加溫，時而換上新的顏色，以輕鬆的心態維持彼此的關係。

掛上窗簾，鋪上毛毯，用各種方式增進彼此的關係。有時候，可以踮起腳，儘可能看得更高；有時候，也可以看看自己的腳下。

我們要相親相愛，相敬如賓，要成為世界上所有情侶的榜樣。

『好。』

我說。

我把報紙鋪在房間的正中央，將徹底改頭換面的化油器零件排在上面，她在一旁打開素描簿。

『開始吧。』

我們開始重組機車的心臟。

我斜眼看著素描簿，拿起金色凸起物，將墊圈套進凸起的部分，裝在章魚嘴上。

她津津有味地看著我的手。

『這就是浮筒嗎？』

『對啊。』

『是喔。』

她看看素描簿，又看看零件，高興地笑了起來。

『注意不要弄破黑布。』

『我知道。』

『接下來，把下巴裝到喇叭上，再把針和尖閥插進去。』

『哪一個是下巴？』

我問。

『哪一個啊……』

她比較著素描簿和排在地上的零件。

『是這個嗎？』
『這個是桶形閥。』
『這個呢？』
『這是尖閥。』
『那……是不是這個？』
她笑著抓住我的下巴。
『這是我的下巴，不是下巴。』
『嗯，』她說：『我知道。』放開了手。
我們相擁而吻。
收音機裡傳來鋼片琴❺的旋律，輕快飛揚的純音，在房間內跳躍著。
『……這個才是下巴啦。』
我害羞地把U字形的鑄鐵零件放在浮筒旁，拿起螺栓，從旁邊拴緊。
她開始在素描簿的角落畫畫，好像在畫布克。雖然全憑想像，但畫得很像。
『毛還要更長一點。』

我說。

『牠的眼睛更塌。對，對。脖子上掛著鈴鐺，沒這麼大啦。』

由於我之前做了詳細的記錄，在組裝的過程中，並沒有遇到太大的困難，她也順利完成了狗的畫。

我們再度擁吻。

交往已經超過三年，完成求婚，沒有年齡的差距，隔著化油器接吻的情侶，在人類歷史上應該寥寥無幾吧。

8

我把機車從停車場推了出來。

❺鋼片琴，celesta，一種外形像小型豎式鋼琴的一種打擊樂器。

將重獲新生的化油器裝回機車底部，接好各種管線，完成了所有的修理工作後，我騎上機車，說：『好，我要開始試了。』

『好。』

她用力點點頭。

我深信，一定可以發動的。

布克↓師傅↓有機溶劑↓求婚↓機車復活，我們的線繼續延伸著。

我帶著滿心祈禱和期待，用力踩下發動桿。

『喀啦啦啦啦啦啦啦啦啦啦啦。』

引擎很有力地轉動之後，又停了下來。

雖然停了下來，但聲音中混雜著某種確實的預感，和前天不一樣，有一種啟動的、復活的預感。

我調整呼吸，再度將腳放在發動桿上。

『喀啦啦啦啦啦啦啦啦啦啦。』

我發動了好幾次。

站起來啊！

『喀啦啦啦啦。』

衝著我來吧！

『喀啦啦啦。』

來一打份的猛踩絕技❻，為它注入生命。

然而，機車只發出空轉的呻吟。

好吧。我休息了一下，想道。

『妳坐上去試試。』

我跳下了機車。

『妳知道什麼是「推車發動」嗎？』

她搖搖頭。

我向她解釋。

❻摔角中的技法之一。

——我會在後面推機車，等到有一定的速度時立刻上檔，可以使引擎強制發動，再鬆開離合器。如果情況順利，可以維持油門打開——

她伸手握住把手。

這樣嗎？

她握著離合器，放開，然後又握緊，我也把手放了上去。

——對，就這樣慢慢地，然後這樣，之後，再這樣。沒錯。

我們重複練習了多次離合器、煞車和油門的操作。

初夏的風吹拂著我們，往後飛去，天氣預報說得沒錯，今天吹東風。

『……我知道了，』她點頭，『我試試看。』

我把腿一伸，排到二檔，聽到『喀啷』一聲。我繞到機車後方，用手握住後架。

『我要推囉。』

她握著把手，神情嚴肅地直視前方。我慢慢往前推，輪子開始轉動了。

我們慢慢前進，感覺就像是父親在教女兒學騎腳踏車似的。

『還不行喔。』

速度慢慢加快，我繼續推著機車。當我身體前傾，開始加速時，風景也開始向後移動。迎著風，車身直線前進，把腳步拋在身後，幾乎已經達到全速了。

她『喔、喔、喔』地叫了起來。

『上檔！』

我大聲叫著。

她抬頭挺胸，直直地看著前方。

下面傳來『噗嘶，噗嘶，噗嘶』的聲音，引擎也發出『叭叭叭叭叭』的呻吟。

因為排檔齒輪咬合的關係，機車的阻力一下子增加了，我對抗著阻力，使出全力推著機車。

引擎的呻吟聲越來越大，排氣管冒出了白煙。

『關掉離合器！』

我用盡最後的力氣，將機車往前推，她和機車往前衝去，就像漂流的竹筏。

『打開油門！』

就在我大聲呼喊的同時，『啪啪啪啪砰。』引擎發出更大的聲音，排氣管噴出了白煙。

事隔四年，機車再度發出這種聲音。

『好！』

我跑向她和機車，扶著機車和她，把排檔放到空檔。

『好厲害！』

她興奮地說。

『啪嚕啪嚕啪嚕啪嚕啪嚕啪嚕啪嚕啪嚕啪嚕啪嚕。』

機車的聲音彷彿在為我們祝福，排氣管有力地吐著白煙。我和我求婚的對象，默默地看著機車。

『好厲害！』

她又說了一次。

機車繼續祝福著這個世界，東風將白煙吹出緩和的角度。

我騎上機車。

『我去騎一圈，讓車子順一順。』

站在一旁的她摘下手錶，那是一個淡咖啡色真皮錶帶的手錶，她將錶掛在機車的儀表板上。

『這個送你。』

她調整了手錶的角度，讓我更容易看到。

『不用了，這怎麼好意思。』

『沒關係，你就繫在這上面吧。』

她『咚咚』地拍了拍機車後座墊。

『我想送給你。』

簡直就像是燃燒到生命盡頭的拳擊手所說的話。

『好，謝啦。』

『嗯，我在家裡等你。』

『我騎二、三十分鐘就回家。』

我戴上安全帽，用兩根手指做出敬禮的動作，她也用相同的動作回應。

排檔，踩下離合器，機車緩緩前進著。我又調到二檔，稍微增加了旋轉數。

鏡子中的她揮著手，我也向她揮手。
她在鏡中的身影越來越小。

沉睡中甦醒的機車發出高亢的聲音，籠罩全身的速度感令我懷念不已。騎上國道之後，經過昨天的加油站。

昨天推著車，費了九牛二虎之力才走到的路程，如今卻只騎了一、兩分鐘。我騎著機車直接北上。

在國道上，看了看她留給我的手錶，指著兩點十分。那就騎個二十分鐘吧。

我繼續向前騎，並切換到不同的檔，確認引擎的反應，曾經令布克歡喜不已的二行程引擎聲高亢地迴響著。

如今，我的手掌正感覺著油門睽違四年又重新啟動的感覺。像這樣吹著風，也可以真實地回想起懷抱著布克的感覺。

前方的號誌燈變成了紅色，我停下機車，或許是因為剛才馬力全開的關係，機車的引擎發出確實而又平靜的聲音。

我把失去的找回來了，推起安全帽的前罩，我在心裡想道。

分解，清洗，重新組合，就可以把曾經失去的找回來。

號誌燈又變成綠色，我再度騎著機車前進。

知識告訴我：一切都是以結束為大前提。無論生命，無論愛，都以有朝一日終會降臨的結束為前提，這是天經地義。

正因為這樣，我們必須樂觀，否則任何人都無法抵達任何地方。充分受到祝福的世界，必須在失去之前去體會、感受，並了解其中的權利和義務。

我們繼續往前走，憑著野生的直覺和開朗的想法，邁向受到肯定的世界。我們會求婚，會吹口哨，也會養狗。唯有對此時此刻的偶然毫不起疑，忘卻未來的必然，否則我們根本無法做到這些事。

和眼前的陽光相比，我們所失去的太微不足道了。我說。我毫不猶豫，毫不怯懦，直言不諱地這麼說。

然而，真的如此嗎？真的真的真的真的如此嗎？

第二章 素描簿

9

為了去見布克，我在高速公路上騎了四個小時。

機車把我一路帶回來，沒有出現任何狀況。

快到家的時候，我特意催了催油門。（布克，有沒有聽到！）騎進車庫時，機車排出來的氣震得鐵捲門隆隆作響。

我以為布克聽到聲音，會馬上衝出來，卻完全沒有動靜。

我脫下安全帽，關掉引擎，已經習慣轟隆聲的耳朵新奇地感受著久違四個小時的寂靜。

我『啊！』地叫了一聲，耳朵聽到了被金屬音域包圍的『啊！』的回聲。接著，我把手扠在腰上，將身體向後彎，再將手放在膝蓋上，做了一下伸展運動，僵硬的身體漸漸放鬆，我也漸漸適應了寂靜。我脫下手套，放在座墊上。

走出車庫，從後門往家裡頭張望，父母親和布克好像都不在家，他們是到醫院去了嗎？……

四年沒回家，覺得老家整個小了一圈似的。走在走廊上，地板發出吱吱咯咯的聲音。

我放下行李，用自來水洗了手和臉，這裡的水比東京冷。擦了擦臉和手，我探頭往客廳裡一看。

……布克。

布克睡在客廳的角落，沒有聲音，沒有動靜，靠著窗簾的下襬睡著了。布克的耳朵已經不再靈光，無法聽到我特地為牠催動油門的聲音，也無法聽到我的腳步聲。

……布克。

我走過去，蹲了下來。

撫摸著牠的背，凝視著那張和之前完全相同的睡臉，柔軟的毛，溫熱的體溫，手心懷念的感覺依舊，但牠的皮膚好像變硬了。

布克終於醒了，以一臉迷糊的表情抬頭看著我，又緩緩閉上眼睛。布克讓我繼續撫摸著牠的身體，突然，牠一臉驚訝地站了起來，然後伸出舌頭，舔了舔我的手。

『好久不見。』

我對牠說，撫摸著牠的額頭。

布克一動，脖子上的鈴鐺就發出『叮鈴鈴』的聲音。

牠又舔了舔我另一隻手，一臉歉意，好像在對我說：『雖然你趕回來了，但我卻這樣，真對不起。』

『帶你去河邊好不好？』

我說。

布克垂著眼睛，把身體靠在我的膝蓋上，從喉嚨深處輕輕發出『咕』的一聲。

我很想去。

牠的表情似乎在說：『我很想去，但體力不行了。』

不一會兒，外出的母親回來了。

母親喝著茶，談的都是布克四年來的情況。我咬著仙貝聽著，不時將視線移到窗邊。布克用半夢半醒的表情，一動也不動地在窗邊打著瞌睡。當我們視線相遇時，牠似乎有話要說的樣子。

我為布克拍了照片，準備帶給正在東京引頸期盼的她。我一直陪布克到晚上。

『我差不多要回東京了。』

在被母親抱在懷裡的布克的目送下，我騎上機車。

當二行程的引擎發動時，布克微微張開了嘴巴，想起來了嗎？我摸了摸牠的頭。

布克露出喜悅的表情搖著尾巴。

『拜拜。』

我對牠說，把手抽了回來。布克的喉嚨深處微微抖動了一下。

我騎上機車，回到了東京。

10

『是喔……』她說。

電話寂靜了好一會兒。

彼端傳來擤鼻子的聲音，她似乎又淚如雨下了。

『但牠好像想起了機車的事，』我說：『所以修好還是值得的。』

『對喔。』

她吸著鼻子。

『牠的病情比之前好轉很多，也開始散步了，但只能在院子裡慢慢走。』

『是嗎？那太好了。』

我們又陷入了沉默。

我握著聽筒，打開了素描簿。

她畫了布克的素描畫，雖然完全出乎想像，卻也十分神似。

『等我們的練習結束之後，就帶妳去看布克。』

我說。

我們已經決定開始結婚的練習。

『差不多是明年夏天吧，我想，布克應該可以撐到那個時候。』

『嗯。』

她很有精神地回答。

——我想，練習是必要的。

有一天，她在被子裡說。

『我們試婚一星期吧。如果順利，再試婚一年。』

我們決定當作彼此已經結婚，共同生活一年。等練習結束之後，再考慮分別向父母報備，去公所辦理手續，以及向朋友宣佈這些事。每三個月，還要召開一次反省檢討會。

『今天，我去銀行開戶了。』

我看著手上的存摺，紅色的存摺。翻開封面，上面印著『新開戶一〇〇〇圓』，好像在表示慶祝。

——要卡通圖案的存摺？還是普通的？

櫃台女行員問道，好像在詢問我們的明天。

可不可以給我看一下？聽我這麼說，女行員露出有點驚訝的表情，回答說：是迪士尼的卡通人物。
請給我看一下。我又重複了一次。
女行員整理了一下手上的資料，便離席拿了存摺回來。（難道這個要求有這麼不尋常嗎？）
卡通圖案的存摺上，眼熟的老鼠、鴨子和狗排在一起跳舞。
我要普通的存摺，我說。（不知道為什麼，女行員深感歉意地問：提款卡也是普通的，可以嗎？）
『除了房租和水電瓦斯費之外，還有什麼費用可以用這個帳戶支付？』
我問。
『嗯——』
她開始思考。
我們決定，每個月都分別匯一筆錢到這個帳戶，房租、水電瓦斯費都由這個帳戶來支付。儘可能多匯一點，如果有錢剩餘，就可以用這些錢做一些小小的、卻又能帶來快樂的事。

『比方說，買貓飼料的錢。』

『妳要養貓嗎？』

『不，只是打比方。有些支出，必須親兄弟明算帳，有些就不需要那麼計較。』

『喔，貓飼料需要明算帳。』

『對啊，一般都這樣。』

『喔。』

我想了想。

我們決定，餐飲費和買零星的生活用品，可以視當時的情況各自支付，只要彼此支付的金額大致差不多就好。

『那麼，買鍋子、水壺呢？』

『這個不用計較。』

『壓力鍋也是嗎？』

『這要由帳戶支付。』

『是喔。妳的意思是，需要編列預算的，就由帳戶來支付嗎？』

『也許吧。』
『這麼說，金魚缸就要由帳戶來支付嗎？』
『對。』
『看電影時要怎麼辦？』
『這個不要計較。』
『那買萬用鐵板鍋呢？』
『用帳戶裡的錢買，感覺煎出來的什錦餅會比較好吃。』
『原來如此，原來如此，我大致了解了。』
我闔上存摺，夾在素描簿裡。
『活貓，活貓。』
她說。
『啊？妳說什麼？』
『沒有，沒什麼。』
『聽起來不錯啊。』

『活貓嗎？』

『對，活貓。』

『活貓喔。』

七月七日，她就要搬來我住的地方。雖然說是練習，但是也要選個黃道吉日，所以，我們決定了這一天。

看了時鐘一眼，已經十二點多了，我們互道晚安，掛上了電話。

11

我們開始為七月七日做準備。

我的房子是兩房一廳，以後或許會覺得小，但目前已經夠用了。

我整理了自己的物品，把房間清理乾淨。

單身生活一久，不知不覺就會多出一大堆多餘的東西，這些東西雖然充滿回憶，卻很令人困擾。

該丟的丟，該收好的收好之後，剛好騰出她一人份的空間。

她租的房子裡，東西極其地少。

我第一次去她家的時候，還曾經對此嚇了一跳。那裡只能說是隔開的空間而已，衣服和工作用品都收進櫃子裡，不時可以看到幾件在百圓商店買的、最低限度的生活用品，玄關旁則放著京都旅遊紀念的金閣寺擺設。

『我始終覺得這裡只是暫時的落腳點而已。』她說：『這裡就像是千葉老家和下一個家之間的中繼站，所以，不需要在這裡展開真正的生活。』

她把這些最低限度的行李分批搬到我這裡來。

她會在非假日的晚上突然上門，把東西留下後就回去；相反地，她週末回千葉老家的次數增加了。聽說，她常和她父親一起喝啤酒。

『待嫁女兒心嘛。』

她說。

總之，我知道她已經陸陸續續為迎接七月七日在做準備。

她不在的週末，我約舊友一起去喝酒，彼此分享了工作的忙碌、牢騷和共同朋友的近況。

・最近的建築業真的很不景氣。
・慕斯和巴哈分手了。
・加班有加班費可以領就不錯了。
・隊長下落不明。
・小亞好像在隱瞞什麼事。
・岡田（兄弟中的弟弟）當上了體育主任。
・小舟先生開了一家中古唱片行。
・真子和大矢結婚了。

分享完這些就連賀年卡上也不值得寫的情報之後，我們就說拜拜了。
雖然有點擔心隊長的下落，但也為小舟先生找到了天職感到高興。

真子、大矢恭喜了。

我對岡田（兄弟中的弟弟）沒有太大的興趣，但下次要記得打電話給小亞。

慕斯和巴哈分手的事倒是有點令我措手不及。

我和慕斯的關係還算不錯，我女朋友是巴哈的朋友，三年前，就是他們介紹我們認識的。

她和巴哈一起出現，便向我打了招呼。

『初次見面。』

她的聲音很好聽。

我也對她說：『彼此彼此，初次見面。』

相互介紹之後，我們開始吃午餐。她好像點了義大利麵，我吃的是焗飯，我不記得慕斯和巴哈吃了什麼。

慕斯推薦我，說我人不錯，還順便介紹了兩、三個有關我的小故事。

其實，根本都是些無足輕重的小故事，她沒什麼興趣地『喔』了一聲，巴哈則用一種估價的眼神看著我。慕斯雖然不是什麼壞人，但基本上是個沒用的男人。

她對慕斯的話並沒有太大的反應，但臉上一直掛著淡淡的笑容，不知道在高興些什麼。

『這個人脾氣很好。』

這就是我當時對她的印象。

她和巴哈的關係似乎也並不怎麼好。

一小時後，慕斯問她喜歡哪一種類型的男人，她喜孜孜地回答說：『像藤井君那樣的人。』把我們都嚇了一跳。

『喜歡我哪裡？』

我問。

『你的眼睛很好看，而且，笑容也很棒。』

她歡快地說。

『感覺很聰明，而且很帥。』

『哇噢。』

我不由得感到佩服，她竟然可以說出我四個優點。

『還有嗎？』

『也許吧。』

她凝視著我的眼睛。

『是喔……』

我喝了一口手上的水。她俐落的輪廓感覺很有主見的樣子，她的微笑也讓人無法抵抗。整體感覺起來很溫柔，始終好脾氣地保持著笑容。

對不起，我剛才一直在發呆，我在心裡想道。從彼此打招呼，說『初次見面』的時候，一切就已經開始了。對不起，我還傻乎乎地吃什麼焗飯。

我抬起頭，正視著她。

『那，請妳做我的女朋友。』

『好。』

她說。

我們伸出手，握了握。

『不會吧！』

慕斯叫了起來。

我們取出記事簿，約定好了第一次約會的時間，完全不在意一旁的慕斯和斜對面的巴哈。

那時候，她為什麼會那樣笑？我在家裡獨自喝著啤酒想。

她搬來的紙袋放在房間的角落。

最後，我得出一個結論。或許，在更早之前，在很久很久之前，我們，就已經開始了。

在相遇之前，我們彼此的思考，還有類似預感的東西。比方說，各自的狀況，以及各種時機；還有在此之前，我們所度過的時光。

沒錯，我心想。

在很久之前，我們就已經開始了，這種想法最令我感到舒坦。

距離七月七日還有一個星期，等待的時間太愉快了，簡直有點不希望這一天的到來。我盤腿坐在整理得一乾二淨的兩房一廳正中央，啜飲著啤酒。

12

七月七日終於來臨。

她一如預告地在三點整現身，她非常守時，出現的時機總是準確得超乎想像。

『嗨，』她說：『我嫁過來了。』

背著背包，戴著白色鬱金香帽子的她伸出右手。

『小女子不才，請多多關照。』

『哪兒的話，我才要請妳多多關照。』

好久好久，我們緊緊握著手，這是代表結婚儀式的握手。

按照事先討論的，我們直接走到陽台去，將身體探出欄杆，撒起了米粒。米粒的軌跡朝地面擴散，融入空氣之中，很快就看不到了。

『這樣似乎不太像米粒雨。』

『那是這樣嗎？』

我把米粒撒在她頭上，米粒從她的黑髮滑落，沿著身體掉落在陽台上，她高興地眨了好幾次眼睛。

『嗯，差不多是這種感覺。』

她把剩下的米粒撒在我頭上，我們心滿意足地回到了房間。

我拿出事先買好的Antenor[7]草莓蛋糕和銀色叉子，把熱水沖入茶壺，細心地泡著紅茶。

她從背包裡拿出了Felix的馬克杯，說那是她的嫁妝。

但這杯子還真大，不過既然是她特意帶來的，所以我就把紅茶倒進了杯子裡，倒得滿滿的。

我用遙控器打開了音響，房間內響起雄壯的電子音樂。

[7]在日本各地都有分店的著名甜點品牌。

『世界上所有的歌曲，都可以聽到妳的聲音。』

『吃吧。』

我說。

她握著叉子，我握住了她的手。

緩緩切下蛋糕，這是我們第一次的共同作業。

我們一起吃著蛋糕，喝著紅茶，還連聲說了好幾次『真好吃』。

太陽下山，天色暗了下來。

她打開素描簿，用４Ｂ鉛筆寫著字。

那是好美麗、好美麗的詞句。

是經過漫長歲月的磨練，像珠寶一般的誓詞。

『好美。』

無論生老病死，
無論喜怒哀樂，
無論富裕貧窮，
都誓言相親相愛，
相互扶持，
不離不棄，
廝守一生，
你願意嗎？

她感嘆道。

這段誓詞曾經為許多人的新開始祝福，也淨化了思想的原點。我們感嘆著，看著這些像詩句般的文字。

『你讀讀看。』

她說。

我出聲讀了起來，沒有起伏，只帶了些許溫暖。我用可以激發心靈共鳴的中音，淡淡地讀了出來。

『願意，』她一臉嚴肅地說：『我願意。』

『我也願意。』我也說。

我們又看著這些文字好一會兒，它們就像遊戲那般美麗，像山裡的空氣般滲入心裡。

『太棒了，』她說：『真是太棒了。』

『真想每年都讀一次。』

『那好，明年的七夕之夜再讀一次吧。』

『那時候就不是練習，而是正式的。』

『正式……』

我們並排靠在牆壁上，想像著明年。明年，不知道我們會如何看待今天。

如今，我們之間確實發生了什麼，然而一切都太自然地融入了我們的皮膚，以至於我們以為什麼都沒有發生。

但是——

她在誓詞的最後，寫下了今天的日期。

然後，闔上了素描簿，似乎輕輕將之封存。

13

『你往哪裡去，你想要什麼？』

我和她的生活拉開了序幕。

我們喜歡無人能超越的計畫，只要一想到什麼，就立刻把頭靠在一起，嬉笑著出謀獻策。在計畫的中途，有時又誕生了新的計畫，也會全盤接受計畫的中止和失敗，再度開始新的計畫。

我們相信，當我們有所計畫時，上帝會隱身其中，當然，也可能是惡魔。研擬計畫幾乎已經令我感到滿足，但是她卻很執著於執行計畫。當計畫受挫時，她容易鑽牛角尖，這種時候，我天生的樂觀就可以派上用場。

我認為，我們是天作之合。

基本上，生活都按部就班地進行著，假日幾乎和以前沒什麼兩樣，但，非假日的生活卻有了很大的改變。

早晨。

早餐幾乎都是各自隨便打發，我喝咖啡，她喝牛奶，我們很少吃其他食物。

我很驚訝，竟然有人一大早就喝牛奶。應該說，我對冰箱裡隨時有牛奶這件事就覺得很新奇。同樣的，她對早晨的咖啡香也感到新鮮。

不久，我們就相互折衷，一起改喝牛奶咖啡。因為經過試驗之後，我們發現牛奶咖啡比牛奶或咖啡更為理想，早晨當然要喝牛奶咖啡。

我們曾經聊到，或許這種飲料也有和我們類似的故事。

——在很久很久以前，咖啡國的國王遇見了牛奶國的公主，兩人相愛而結婚。於是，國王的文化和公主的文化結合之後，牛奶咖啡就誕生了，Like this。

梳理準備之後，我們會一起出門，在走到車站的那段路上，我們則討論著各種計畫。

——什麼時候買枕頭？要買幾雙拖鞋？週末要去哪裡？今天要幾點回家？要吃什麼？要不要買抱枕？

需要討論的計畫無窮無盡，我們搭同一輛電車，壓低了嗓門，貼著臉繼續討論計畫。

——要搬到哪個區？幾房幾廳？邀請誰？唱什麼歌？選什麼顏色？

在離公司最近的車站的前兩站月台上分手之後，我徒步十五分鐘到公司，她則再坐四個站，去那附近的設計事務所上班。
我和她是同一個計畫小組的成員，我們身負秘密任務，分別前往各自的職場。用這種方式思考，讓無聊的工作也產生了新的意義。

晚上。
星期一、二、三由她做晚餐，星期四、五由我負責。
我的拿手菜少得可憐，星期四煮咖哩，星期五吃前一天剩下的。
『對不起。』我向她道歉。
『反正，只是練習。』她回答說。
當然，我不甘於落後，偷偷學會了麻婆豆腐（星期四）和茄汁雞肉（星期五），逐漸豐富自己的菜色。
吃完晚餐，我們猜拳決定誰洗碗。
老實說，我不喜歡洗碗。我假裝若無其事，卻卯足全力想要贏，三次之中，我差不多可以贏兩次。

時間一久，她偏著頭納悶道：『好奇怪。』

雖然我極力主張，那只是偶然而已，但其實根本是彌天大謊。如果認為猜拳只是機率，就絕對贏不了。不好意思，男生猜拳的次數比女生多太多了。

有一天，桌子上放了兩個骰子。她說，今天開始丟骰子決定。

從那之後，我平均每兩天就要洗一次碗（或者更多）。

有時候，我下班回家已經很晚了，吃完晚餐的她就會在素描簿上畫些什麼，有時候畫牛，有時候畫房子，有時候會畫想像出來的動物（旁邊還寫著『活貓？』），也有家裡佈置的格局圖或城堡的畫。

靠設計吃飯的她，每一幅畫都很棒。

我們是屬於同一個計畫小組的最小單位，而計畫小組的名字，就叫做『幸福』。

我們靠著牆壁，一起欣賞素描簿，時而歡笑，時而沉默，時而接吻，時而用手指比力氣。

14

有一天早晨，我發現了自己夢境的變化。

夢中的人稱變成了Ｗｅ。

我試著回想前一天的夢，卻怎麼也想不起來。

第二天，夢中的人稱又是Ｗｅ。

夢中發生什麼事情的時候，並不是發生在我身上，而是發生在我們身上；夢中思考該怎麼辦時，不是在思考我該怎麼辦，而是我們該怎麼辦。

在夢境中，她並沒有出現，但夢境中的人稱，已經變成了Ｗｅ。

身處這種夢中，會覺得我本來就是『我們』呀。雖然這種感覺很不可思議，卻是對現實很自然的反應。

『什麼意思？』

她不解地問我。

我儘可能正確地闡釋，並告訴她，最近我常做這樣的夢。

『喔。』她瞪大眼睛說：『好神奇喔。』

她穿著雨傘圖案的運動衫，我穿著太陽圖案的T恤。

房間的角落，放著我們一起買的抱枕，兩雙拖鞋也排在一起。大馬克杯裡放了兩支牙刷。

我們同居即將滿三個月。

『我沒有做過這樣的夢。』她說。

星期五晚上，我們約在離家五個車站的地方見面。

我們預約了這家餐廳，舉行第一次的反省檢討會。

很久之前決定的計畫內容之一，就是每三個月舉行一次反省檢討會。我們討論後決定，就在賣炸串的餐廳舉行。

位在老舊大樓五樓的餐廳，已經坐了八成滿，我們被領到窗邊的位置。
服務生帶著優雅的笑容向我們推薦葡萄酒，選了酒，等服務生為我們倒在杯中之後，我們乾了杯。
桌上放著一個長得像調色盤的盤子，分別裝著山椒鹽、調味醬油和芥末三種不同的調味料。
炸串一串一串地送了上來，分別指著適合的調味料。
第一串炸蝦指向山椒鹽。
『真好吃。』
我們相視而笑。
一直想造訪的這家餐廳的炸串，和葡萄酒的美味相得益彰。
不一會兒，第二串又上來了。
這次是山藥炸串，指向調味醬油。
我們吃著炸串，相互討論了至今為止值得反省的地方。
她說，早晨不能太匆忙。我說，如果這樣，那就要早點上床睡覺。

然而，我們都覺得，要做到這一點很難。首先，要改正星期六、星期天的熬夜和睡懶覺的情況。

我們確認了能夠付諸執行的對策，再度喝著葡萄酒。

『你做的咖哩雖然很好吃，』她說：『但其他的菜色要再加把勁。』

『我也知道。』我說：『但每次做出來的東西，都和我想像的不太一樣。』

綠紫蘇魚肉的炸串送了上來，指向調味醬油。

『先按照書上的步驟做就好了。』

『是沒錯啦，但我每次都想發揮一下創意。』

『等學會之後，再發揮創意比較好吧。』

她將魚肉炸串沾了調味醬油。

『但是，上次的牛筋咖哩很好吃。』

『嗯，下次我再做。』

『不要馬上做，』她說：『等我快忘記的時候再做吧。』

『……知道了。』

尖椒、鱔魚、蓮藕、紫蘇捲蝦，炸串以絕妙的時間間隔一一送上桌。

我們小心地一一品嚐，避免燙到舌頭，然後一邊喝著葡萄酒，一邊繼續討論反省點和改善點，醉意舒服地擴散至全身。

『這是沾什麼的？』

她手拿著豬裡脊炸串問我。

『芥末。』

她把炸串沾了芥末。

『好燙。不過，真好吃。』

她露出微笑，我為她斟酒。

『你前天的夢，我聽了以後，稍微想了一下。』

她喝了一口葡萄酒。

『我認為，夢境並不完全是對外界刺激的想法或感受的反應。雖然是由內心產生的，但同時也像是看電視或看電影那樣，是看到的東西，對吧？』

『對。』

醉意的白紗包圍了我們。

『我認為，我們繼承了這個世界的各種思想。』

她說。

『當我們呱呱墜地時，第一次接觸到了這個世界，接著，開始辨識我們的父母。我們先認識手抓得到的，和肉眼所及範圍的事物；然後學會說話，理解各種概念，交朋友，了解自己是在別人建立的體制、法則、語言和食物中生存。在模模糊糊地了解這個世界之後，才開始思考自己和世界的關係，藉由書籍等，想像整個世界，了解肉眼無法看到的東西；當然，也漸漸學會了解他人，只是無法了解得很透徹。』

她的聲音彷彿遠離了餐廳內的喧囂，我只聽得見她的聲音。

『我們會受到他人和事物的影響，也是從中學習到的；相反的，我們也會對他人和事物產生影響。比方說，我問你答，光是這樣，我們彼此就在相互影響。』

『嗯。』

『我的思想受到了你思想的影響，彼此混合在一起，我們就是在這樣的範圍中做夢，對吧？這是沾什麼的？』

『鹽？』

她把山椒鹽撒在鮮貝炸串上。

『世界中充滿了這樣的夢，彼此產生些微的影響，傳承下來，像故事一樣代代相傳。世界上有多少人，就有多少這樣的夢，你不覺得很厲害嗎？』

『很厲害，真的很厲害。』

『所以所以所以，』她說：『我在想，如果追溯充斥這個世界的思想，源頭會在哪裡呢？』

『追溯？』

『嗯。追溯影響的根源，源頭會在哪裡？』

店裡響起了夜晚的爵士樂。

『就是最初有思想的那個人。充斥在現今這個世界的所有思想，都是繼承了他的想法。』

我用昏沉沉的腦袋想像著，充斥這個世界的所有思想的源頭。一個鶴髮長鬚、握著枴杖的聖賢，浮現在我的腦海。

『第一次針對肉眼所見範圍之外進行思考的人，思考這片草原之外，到底會有什麼的人。』

我刪除了鶴髮長鬚的聖賢，想像著草原的景象。

傍晚的草原上，一個光著腳的少年凝視著遠方的地平線。

『當時，那個人心中所產生的意識，在還沒有語言時的模糊意識，就是我們思想的根源。』

服務生端來蘆筍串，靜靜地放在桌上。

她凝視著我的眼睛。

我覺得，她所看到的景象和我看到的少年景象漸漸融合，然後，又發展成了新的思想。

『你不認為那個人就是上帝嗎？』

『……對喔。』

我把蘆筍串沾了山椒鹽。

葡萄酒瓶空了。

我們用所剩不多的葡萄酒，乾最後一次杯。

15

十二月初的某一天，她感冒了。

『我覺得有點不舒服。』

早晨起床時，她歪著脖子說：『應該還不算感冒。』

由於沒有發燒，她仍決定去上班，但下午就開始發燒了。

她四點離開公司，去附近的醫院看了病，當我回家時，她已經躺在被窩裡了，她的這一天很忙碌。

『每年都這樣，』她說：『明天會燒得更厲害，只要三天就會康復了。』

『好吧。妳吃得下烏龍麵嗎？』

『可以。』

我熬了高湯，做了味噌烏龍麵，把長蔥和雞肉燉得很爛，還加了一個蛋。

『真好吃。』

她感嘆著，慢慢吃著烏龍麵。只吃了半碗，就合掌示意她吃完了。

說完已經吃飽之後，她吞下三顆錠劑和一包藥粉，然後皺著眉頭叫道：『好苦，好苦』。

躺進被子之後，她說：『你聽我說，我的抵抗力不好，所以明天會變得很虛弱，你不要緊張。』

『要不要我請假陪妳？』

『不用，但你要注意別被傳染了。不要被傳染，就是最好的照顧。』

我用手摸了摸她的額頭，果然很燙。量了一下體溫，三十七度八。

『後天就是轉捩點，之後，會慢慢好起來，大後天，就會像沒事一樣。』

我把替換的衣服和毛巾放在她的枕邊，在房間裡晾了濕毛巾，以免房間太乾燥。面紙和垃圾桶也放在枕邊。還需要什麼其他東西嗎？

她重重地咳了幾下。

『……我要睡覺。』

『好，晚安。』

『晚安。』

她閉上了眼睛。

我關上燈，關起拉門，然後出門到便利商店買了蒸麵包和含維他命飲料，還買了水、布丁和香蕉。

這是我們同居後，第一次分開睡覺。

早晨起床，我熬了一碗粥。

她披著短襖起床，吃了一點粥，吃完藥，又鑽進了被子。

量一下體溫，三十七度九。

我把蒸麵包和飲料放在她的枕邊。

『肚子餓了，就吃這個，冰箱裡還有布丁和香蕉。』

『謝謝。』

『記得多喝水。』

『我知道。』說著，她閉上眼睛。

我出門上班去了。

我準時下班，回到家裡。

房間很暗，靜靜地，好像陷入了沉睡一般。這份靜謐，卻不同於幾個月前理所當然的寧靜。

我們同居才幾個月，但這裡已經徹底地變成了我們的家。

我悄聲走進房間，打開電燈，停滯的空氣也配合我的動作緩緩流動起來。我在盥洗室裡洗完手，打開排氣扇，拉開臥室的拉門，她正看著我。

『我回來了。』

她微微蠕動了嘴唇，說：『你回來了。』

枕邊留著只吃了一半的蒸麵包。

我從盒子裡拿出體溫計交給她。將體溫計夾在腋下時，她一直閉著眼睛，體溫計上顯示三十八度五。

『妳會不會冷？』

她輕輕搖搖頭。

『肚子餓嗎？』

她又搖搖頭。

『蘋果吃得下嗎？』

嗯。她輕輕地點了頭。

我走到廚房去磨蘋果泥。

她坐了起來，我把短襖披在她背上，用湯匙將蘋果泥餵進她的嘴裡。花了很長的時間，終於吃完一個蘋果。

『真好吃。』她說。

『還想不想吃？』

她搖搖頭，吃完藥，又躺下了。

我注視著她的臉，她也凝望著我的臉，只聽到冰箱發出『嗡——』的聲音。

『明天就好了。』

她說完這句話，靜靜地閉上眼睛。

然而，第二天，她的燒還沒有退。

『真希望能夠代妳承受一半的病痛。』

她默默無語地看著我。

『沒關係，多補充點營養，好好休息。』

（對不起……）

她用沙啞的聲音說。

她真的很虛弱，整個人的容量彷彿縮小到只剩一個小碟子那麼大而已。

她有這麼脆弱嗎？我想。容器好像一下子就滿了，快要溢出來了。

『要不要我幫妳做什麼？』

她凝視著我的臉。

（……跳退燒舞給我看。）

退燒舞。我站了起來。退燒舞。

我在原地轉了兩圈，向她伸出手，重複了三次。

（……謝謝。）

她說。

退燒舞完全沒有效果，第四天時，她仍然沒有退燒。

（好奇怪……）

她用沙啞的聲音說。

（之前三天就會好轉了……）

她說很冷，又說關節很痛，咳嗽也很嚴重。

平時，我總以為自己可以為她做任何事，但這種時候竟然束手無策、無能為力，只能幫她買布丁，為她在房間內晾濕毛巾。

第五天晚上，我又做了味噌烏龍麵，我覺得比第一天更令人食指大動。

『做好囉。』

聽到我的聲音，她醒了。

『嘿咻。』她坐了起來，穿上短褲。

穿著短褲的她和味噌烏龍麵很速配。

『呼嚕。』她把烏龍麵吸了進去，說了聲『真好吃』。

『呼嚕。』她又吃了一口。

『嗯？』

她放下筷子，輕輕搖頭，好像在確認什麼。

『我好像好多了。』

『烏龍麵威力？』

『也許吧。』

『滋滋。』她喝了麵湯。

『呼嚕呼嚕呼嚕。』她吃完了一碗味噌麵。

『我吃飽了。』她合掌說道。

吃了藥，她又躺回被子裡。

我把體溫計交給她，她有點流汗。

『我告訴你喔，』她把體溫計夾在腋下，說：『我剛才夢到柔道。』

『柔道？』

『對。我好像在練柔道。』

『柔道嗎……』

我暗自思忖。想打網球，要去網球場；要游泳，就去游泳池。但想練柔道時，該怎麼辦？

『……對了，我們公司的體育館好像有柔道場。』

『真的嗎？』

『對，妳想去嗎？』

『不行嗎？』

『沒有啊。』我說。

仔細一想，就發現事情其實很簡單。想大叫，就去河邊；想練柔道，當然就要去柔道場。簡單的人生最美麗。

『星期天應該沒問題，我們偷溜進去吧？』

『嗯。』

她嫣然一笑。

『那，等到天氣暖和一點，我們就去。』

『你可以讓我過肩摔嗎？』

『可以啊。』

『可以摔好幾次嗎？』

『當然沒問題，我可以扮演很好的被摔者。』

『嗶嗶嗶嗶。』一陣電子聲響起。

不知道是否因為柔道是吉夢，她的高燒已經降到三十七度六，然後迅速恢復，第二天又生龍活虎了。

16

新年之後，東京下了第一場雪。

我從公司的窗戶眺望著飄落的雪，四個車站外的她，應該也在看著這片風景。

『下雪了嗎？』

隔壁課的男同事走過來說。

『下雪了。』我回答。

窗外的風很大，雪以一定的角度飄來，在接觸地面的剎那，便銷匿無蹤了。我茫然地看著連續不斷的雪。

『看樣子不會積雪。』

『對。』

隔壁課的男同事看著窗外片刻後，轉身離開了。

這種天氣，最好早點回家，但我手上還有很多工作，所以回到家時，已經十一點多了。

『我回來了。』

『回來了啊。外面很冷吧？』

『嗯，腳好冷。』

我脫下外套，換了襪子，立刻去燒浴缸的水。她坐在桌前看電視。

『我幫你放好水了。』

『謝謝。』

桌上放著素描簿，旁邊還放著計算機、鉛筆，和從我書架上拿出來的機械設計教科書，翻在教科書卷末的單位換算表那一頁。

『妳在幹嘛？』

我探頭看著素描簿。

『剛才，電視上在強調地鼠的能量。』

素描簿上畫的地鼠栩栩如生，下面寫著〇・〇〇〇五五馬力，旁邊有一個計算公式，還留下已經擦了好幾次的痕跡。

$$\frac{1\text{kg}\times 0.5\times 9.8\text{m}/\text{s}^2}{12\text{s}} = 0.408\text{W}\times\frac{1\text{HP}}{745.7\text{W}} \fallingdotseq 0.00055\text{馬力}$$

（HP：horse power）

『我計算了一下，地鼠有〇・〇〇〇五五馬力。』

『馬力喔……』

我的女朋友很特立獨行。零、零、零，我用手指計算著位數。

『也就是說，二千隻地鼠加在一起，就是一馬力囉。』

我想像著二千隻地鼠和一匹馬在拔河的樣子。

『我大約有〇・七馬力。』

『是喔？那不是很厲害嗎？』

『不，其實馬力並不大，像英國純血馬（thoroughbred）這些最近進化的馬，一匹就有四馬力左右。』

『是喔？』

『還有，我的體重是七．六石。』

『石?!』

『對。在英國，石是傳統的體重單位。一石等於六．三五公斤。』

『呵呵，』我說：『還真有意思。』

『用石作為單位很有意思吧。』

她得意地說。

『有什麼基準的石頭嗎？比方說，英國的標準石之類的。』

『應該有吧。』

『不知道是怎樣的石頭。』

『搞不好，長得就像壓泡菜的石頭。』

『哈哈。』她笑了起來。
『如果還受到嚴格的保管，那就好玩了。』
『好玩，好玩，』我說，『差不多有三個活貓那麼好玩。』
『三個活貓？』
『一個活貓相當於四個海牛。』
『哈哈哈哈。』她笑了。
浴室的計時器響了，通知我們浴缸的水已經燒好了。
外面的雪，仍然下個不停。

真希望這種生活永遠持續。我也深信，這種生活將持續下去。
原以為無論是感傷或是危險的遊戲，都可以帶進墳墓。
原以為這種生活可以永遠、永遠持續下去。

第三章 打不開的盒子

17

冬天接近尾聲時，她的身體出了狀況。

『最近一直覺得懶洋洋的。』她說。

『已經發了三次低燒，但是，過兩天就好了。』

這點低燒沒有問題，她並沒有請假休息。

她說，應該不是感冒，還說，以前在換季時也常會這樣。看她的樣子，的確不像是感冒。

雖然她覺得懶洋洋的，但精神似乎很好，也或許是我看過她發高燒時虛弱的樣子，就覺得她並沒有什麼大礙。她嘴上說自己懶洋洋的，但經常笑，也常開玩笑。

我和她都沒有把這件事放在心上。

一段日子之後，她說她背痛，也沒什麼食欲。

『應該是工作壓力太大了，』她說：『最近太忙了。』

『去醫院檢查一下吧。』我摸著她的背說。

『好，』她說：『但不能找上次那家醫院的江湖郎中。』

原本三天就好的感冒竟然拖了五天，這件事讓她耿耿於懷。

我們討論之後，決定等下次出現較明顯的症狀時，就去醫院檢查，同時也要請假休息幾天。

三天後的晚上，她說想吐，便衝進了廁所。稍微嘔吐之後，雖然感覺舒服了點，但又開始肚子痛。

她蹲在地上，我撫摸著她的背，說：『去醫院吧。』

當我摸著她的背時，似乎可以緩和疼痛。

照理說，她應該請假在家裡休息，但她卻說要去公司處理完剩下的工作，接著就可以從週六、週日連續休假到下個星期。

從公司下班回家時，她已經躲進了被窩。

『我明天回千葉，』她說：『老家附近，有一家以前常去看病的醫院。星期六、星期天在家好好休息，星期一就去那家醫院檢查。下星期要在老家好好休養。』

『這樣很好，妳回去好好休息吧。』

『對不起。』她說。

『為什麼？』

『因為，我們還在練習。』

『不，』我說：『已經練習夠了，剛好利用這次機會，差不多可以正式進入狀況了。』

她凝視著我，假裝思索了一下。

『差不多可以正式進入狀況了。』她說。

『什麼？』

『這是正式求婚嗎？』

『哈哈哈。』我笑了起來。

『好了，回去好好休息吧。』

『我會的。』

『要不要我幫妳摸背？』

她想了一下，說：『拜託囉。』

我把手伸進被子，撫摸著她熱熱的背。

她的背好嬌小，有一層薄薄的肉，摸起來軟軟的。

『我會打電話把情況告訴你。』

『好。』我繼續撫摸著她的背。

18

我們睡到快中午才起床。她說已經不痛了，也不會覺得懶洋洋的。

我把冷凍庫裡的吐司麵包拿出來烤了一下，也像平時一樣做了牛奶咖啡。

三月柔和的陽光灑進房間，我們把桌子搬到窗邊，一起享用早餐，吐司並沒有特別好吃。

『妳還記得我們第一次一起吃吐司嗎？』我問。

她默不作聲地看著我。

『就是我組合化油器的那一天。』

『……喔，喔。』她說。

『當時，我覺得吐司特別好吃。』

『好像有這種感覺，』她說：『今天的也很好吃啊。』

我喝著牛奶咖啡，重新端詳著她。她的皮膚白皙，下巴尖尖的，眼睛很大，經常露出溫柔的笑容。

我想起曾幾何時，覺得這裡是頂點也不錯，以我和她為中心的球體，屬於我們的圓始終弛張合宜地維持著。

她吃完一片吐司，喝完牛奶咖啡。

『我吃飽了，』她合掌說道：『我要準備回家的東西了。』

準備。

她開始整理行李，把居家服、換洗衣物和日用品裝進背包，我也在一旁做出門的準備。

最近都是一下班就回家，有很多工作還沒完成，我決定趁她不在家的週末，去公司加班。

整理好之後，她背上背包，站了起來。我突然覺得滿心感慨。

那時，她走進門，說著『我嫁過來了。』也是相同的打扮。『小女子不才。』她當時說。我們緊緊握著手，好久好久。

『……我幫妳拿背包。』

『沒關係。』

『妳別跟我客氣了。』

我從她手上接過背包，背包比我想像中更輕。她來時的行李也不多，如今，又帶著輕巧的行李離開我們的家……

我們步出公寓，走在通往車站的路上，在街角的超市轉彎，沿著舊公寓的圍牆往前走。沐浴在三月柔和的陽光下，我們緩緩往前走。

『會不會覺得沒力氣？』

『不會。』

除了這句對話，我們始終默默無語地走著。

走過地藏王菩薩，在麵包店前轉彎，經過咖啡店、銀行、水果店、郵局、花店、房屋仲介公司，那是我們共同生活之後，曾經走過無數次的路。

走上車站樓梯，經過了剪票口。拜拜。我們在月台上揮手。她搭下行電車，我要搭上行電車。

和那天一樣，我們緊緊地握著手，好久好久。

19

星期天的早晨有點冷。我穿著薄大衣，走向車站，搭上比平時空盪的電車，走進比平時空蕩的辦公室，像往常一樣和警衛打招呼。

打開辦公室的電燈，我坐在ＣＡＤ前，繼續畫昨天未完成的設計圖。寂靜的辦公室內，只聽到我的筆在數位板上滑動的聲音。

一名和我同期進公司的男同事，剛好也來加班，我和他一起吃了較遲的午餐，大成軒的炒飯。

這位男同事總共說了五次他下星期要去盛岡出差。

和男同事分手後，我買了咖啡，繼續坐在ＣＡＤ前。

午後的陽光從百葉窗的縫隙灑了進來，星期天的陽光感覺比平時更特別。在沒有上司，也沒有電話打進來的辦公室，工作成效比預期中的更加理想。

跟原定計畫相比，設計圖迅速地完成了，三點就結束所有的工作。

當我整理好東西，走出辦公室時，看到了位在西棟旁的體育館。

我直直朝那裡走去。

探頭往裡面一看，發現應該是員工的人正在和家人打羽毛球。我換上拖鞋，走上樓梯，經過二樓的運動室，直接推開了三樓柔道場的門。

十公尺見方的空間內，靠裡面的那一半都鋪上了榻榻米；牆上掛著三把練習用的長刀，正面則懸著一塊『克己』的匾額。

脫下襪子，走上榻榻米，腳底涼涼的感覺令人好懷念。我回想起國中體育課時，曾經被老師過肩摔了好幾次。

走到榻榻米中央，我坐了下來。

被摔者嗎？我把雙手舉至肩膀的高度，慢慢調整呼吸。

被摔者……

我直接往後仰，兩手撞到了榻榻米上，『咚』的聲音在無人的練習場內迴盪。彈起的腿落在榻榻米上，我渾身放鬆，躺成一個大字，看著白色的天花板，用力地吸氣、呼氣，慢慢閉上了眼睛。

我想起對我說『我想練柔道』的她。

『你可以讓我過肩摔嗎？』她問我。

『可以摔好幾次嗎？』她問我。

她現在在幹什麼？

正用這樣的姿勢，看著老家的天花板嗎？

還有沒有哪裡會痛……

我張開眼睛，站了起來，再次調整呼吸，這一次，我朝著右前方，轉身摔下去，世界轉了一圈。

『咚』的一聲，一切又靜止了下來。

聲音的餘韻滲透到練習場的每個角落，然後漸漸地消失。我再度以右手為支點轉身，在榻榻米發出撞擊聲的同時，衝擊蔓延了我的左半側。

我一次又一次地練習被摔者的角色，一次又一次地扮演被摔者，試圖趕走心中漠然的不安。

20

星期一晚上的風很大，呼嘯的風敲打著窗戶。

她說九點要打電話給我，但實際接到電話的時候，已經超過十一點了。

她很難得這麼不守時。

『我去檢查過了，』她說：『還查不出原因，所以星期四要再去重新檢查。』

『重新檢查？』

『對。下次應該會有明確的結果。』

『現在還有沒有哪裡痛？』

『還好。』她說：『休息兩天，已經不痛了，食欲也好多了。等結果出來之後，我再和你聯絡。』

『會不會覺得沒力氣？』

『感覺好多了。』

我沒有答腔。

『老家很舒服。』她說：『該怎麼說，雖然很無聊，但有我熟悉的空氣。』

『那裡風也很大嗎？』

『嗯，聲音好大。』

另一個耳朵可以聽到風呼呼地吹的聲音。

她隔著聽筒的氣息越來越重，我握緊電話，以為她要說什麼，但她什麼都沒有說。我要睡了。聽她這麼說，我們便掛了電話。

鑽進被窩中之後，風仍然沒有停止，我好幾次都被風搖撼窗戶的聲音驚醒。

早晨，我獨自起床，獨自走向車站。

一年前，這還是理所當然的生活，如今卻無法回想起當時的自己，每天是抱著怎樣的心情在過日子了。

雖然覺得和現在完全不同，卻又覺得沒有太大的差異。然而，無論是怎樣的心情，我都是這樣搭電車一路搖到公司，開始畫設計圖。

星期二的早上有晨會，專案經理說明了目前的進展，並再三強調，目前正是關鍵時期。我知道，我在心裡嘀咕著。接下來，將是我們負責的KestrelⅡ第一次的出圖高峰。這個週末必須交出進度表，下週結束前，要舉行出圖說明會。

我面對ＣＡＤ，檢查著規格說明書。要整理耐久試驗的數據資料，剩下的圖也要趕快交。

我幾乎每天工作到十二點，買便當回家吃，喝完啤酒就睡覺。

星期四傍晚，我在辦公室打電話給她。

『檢查情況怎麼樣？』我壓低聲音問。

『你在公司嗎？』

『對。』

『工作很忙嗎？』

『嗯，最近有點忙。』

『是喔……』

『這個喔，』她說：『下星期一和星期四要去做精密檢查。』

『精密檢查？』我稍微提高了音量，『什麼是精密檢查？』

『星期一要做ＣＴ，星期四要做ＭＲＩ。這一次，應該會有結果。』

聽到我沒有答腔，她說：『沒事啦。』

『下星期五我打電話給你，你不用太擔心。』

『……好。』我說：『反正，妳好好休息。』

『好。』

掛斷電話，辦公室內的嘈雜聲傳入耳朵。右側斜後方有人重複著：『大友，大友』，左側則傳來一聲怒吼，『是大友產業。』

我把紙杯裡剩下的咖啡一飲而盡，咖啡已經完全冷掉了，嘴裡只剩下甜味。

我捏扁紙杯，丟進垃圾桶裡。

之後，為出圖說明會忙了好一陣子。

我坐在CAD前，讓筆在數位板上滑動，不時用力閉上眼睛，再度緊盯著畫面。

總之，必須將注意力集中在眼前的事情上面：運送部的排檔比、AC馬達的旋轉數、同步齒形帶的張力，如何消除裂痕現象。我用力握著筆，看著設計圖。

心情無法平靜時，我就走出去，將目光從設計圖上移開。

走出ＣＡＤ室後，穿過技術課，走過實驗室，來到Ｆ棟的盡頭，假裝在找人，然後又走回來。

如果仍然無法平靜，就走過天橋，進入工廠大樓，穿過廠區，到從來沒有去過的廁所洗手和洗臉。

設計圖逐漸完成了。

我每天都工作到末班車的時間，在便利商店買便當，喝完啤酒就睡覺。

21

星期五的出圖說明會順利結束了。

將上司交付的課題按日期和優先順序進行安排，一一列項記錄後，就整理東西回家了。

今天是三月的最後一天。

我下了電車，走過房屋仲介公司，也走過花店和郵局、水果店、銀行、咖啡店、麵包店的街角。

或許是因為白天變長了，屬於我們的路上還灑著柔弱的光。

好久沒有在正常時間吃便當了，我泡了茶，眺望著窗外的風景，等待她的電話。

電話一直沒有打來。

我用吸塵器吸了地，用洗衣機洗衣服，清理了家裡的垃圾，也刷了浴缸。

當我洗第二桶衣服時，電話響了。我喝了口茶，拿起電話。

『喂，』她問：『你現在方便嗎？』

『嗯，我正在等妳的電話。』

『是喔……』

她沒有說話，我的另一隻耳朵聽到洗衣機轉動的聲音。

『檢查情況怎麼樣？』

『嗯，』她說：『這個嘛……』

『下星期二要住院。』她說。

『為什麼？』聽到我的傻問題之後，她說：『你先拿筆記一下。』

我準備了紙和筆，把她所說的話記錄下來。醫院的名字和地址，最近的車站和電話號碼。那是一家我曾經聽過的有名醫院。

『我從頭告訴你，』她說：『如果你覺得有必要，就做一下筆記。』

『好。』我說。

她用平靜的聲音向我解釋了病情。

一開始，懷疑是子宮肌瘤。

她到附近的婦產科去，照了X光，請醫生觸診。醫生發現子宮或卵巢有腫瘤，而且可能是惡性腫瘤，建議她去大醫院檢查。

惡性腫瘤是癌症嗎？她問。對，醫生回答。

醫生給了她一封介紹信，轉診到東京的醫院。

三天後，她去了那家醫院，驗血、驗尿後，又照了X光。等了一個小時，才得知結果。最後，接受了超音波檢查和內診檢查。

醫生面有難色地看著檢驗報告。超音波圖上可以清楚地看到腫瘤的大小和形狀，左側的卵巢腫起，有可能是惡性腫瘤。

是卵巢癌嗎？她問。只是有這個可能，醫生說。

血液檢查報告一個星期後才會出來，如果腫瘤指標值高於正常值，罹患癌症的可能性就會更高。趕快預約CT和MRI檢查吧，醫生說。

星期一CT，星期四MRI，她做了檢查。結果，是惡性腫瘤的可能性進一步增加，腫瘤指標的結果也超過了正常範圍。醫生說要盡快動手術。

她的說明告一段落。

我握著聽筒，用原子筆在紙上迅速記錄著，全身的血液彷彿都集中在臉部表面，我對抗著這種感覺，用力握緊電話。

電話的彼端，傳來她嚥口水的聲音。

『所以，』她說：『我下星期要住院。』

我低頭一看，總共有五張便條紙。

便條紙上寫著：『下星期二住院，下星期四動手術。』

手術。

我重新握好聽筒。

『也可能是良性腫瘤嗎？』我聽到自己的聲音在發抖。

『嗯。』她小聲地說。

據她說，如果不動手術，就無法正確診斷到底是不是惡性腫瘤。目前只能說，因為有可能是惡性腫瘤，所以必須動手術。

『但是……』她說。

她問了醫生許多問題，回家之後，也查了不少資料，結果還是認為是惡性的可能性很高。沒有任何一項檢查的結果顯示可能是良性。而且，聽說她阿姨十年前因為乳癌而動過手術，這也是危險因子之一。

『之前，我一直很不安，所以無法開口告訴你。』她說：『我把前後的經過整理在筆記簿上，現在是看著筆記簿和你說話。』

想必她曾經難以相信眼前所發生的事，曾經因為驚訝和不安而難於入睡，曾經在心裡問過『為什麼是我？』

最後，也終於體識到，再怎麼思考，也無法平撫這些不安，只好告訴自己，必須接受現實，卻還是無可奈何地感到消沉。

『喀嚓。』洗衣機停止了轉動。

她一直在單打獨鬥。當我在工廠內晃來晃去時，她在照ＣＴ和ＭＲＩ，和醫生討論手術的事；當我吃便當、喝啤酒時，她正在孤軍奮戰，努力接受殘酷的現實。

太差勁了，我真是太差勁了……

『接受治療吧，』我開口說：『無論如何，都要接受治療，一定要治好。』

『……嗯。』

『明天，我可以去看妳嗎？』

『好啊。』

『不管是良性還是惡性的，反正，現在只要考慮治療的事。』

『……對啊。』

目前，她的身體狀況還算穩定，雖然偶爾會肚子痛，但鎮痛劑的效果很理想，只要在手術前避免激烈運動就好。

我們相互確認了明天的時間，決定下午兩點去她家。

『我說太多話了。』她說。

『妳還好嗎？』

『沒事。說出來之後，覺得心情平靜了一些。』

她對我說：『那明天見囉。』

確認她掛上了電話之後，我才放下聽筒。

22

經過一個不眠的夜，天終於亮了。

不必想以前的事，我只需要考慮從今往後的事。

首先，認清現實，徹底理解，思考自己能夠做的事，然後，盡責地付諸行動，毫無疏失地付諸行動。嘆息、叫喊都無濟於事，我必須幫助她，全力支持她。

算好開館時間，我去了圖書館，尋找有關這種疾病的資料。

我穿梭在書架和資料室之間，找到不少資料，把書籤夾在認為有關的地方，投幣影印下來，夾在資料夾裡。

翻閱著這些資料，並畫上重點符號。我差不多影印了三十張。

卵巢癌是一種特異性的癌症，年輕者和高齡者都可能發生。在美國，每七十人就有一人罹患卵巢癌，日本的罹患率也逐漸增加。

由於初期毫無症狀，因此，卵巢被稱為是『沉默的器官』，當癌症惡化後，才會出現自覺症狀，通常在轉移之後（第三、第四期）才會被發現。

原則上，必須用手術切除腫瘤，才能診斷到底是否為卵巢癌。

在手術前經過CT、MRI、超音波檢查和腫瘤指標檢查後，就會被告知『可能罹患了卵巢癌』，或『可能是良性腫瘤』。

在手術時，如果診斷為卵巢癌，就會將卵巢、輸卵管、子宮和已經有轉移現象的骨盆腹膜切除。年輕病患若強烈希望日後懷孕生產，可以視條件保留子宮和另一側的卵巢。

如果是第一期、第二期，可以藉由手術完全切除，之後再繼續接受化學治療加以預防；惡化至第三期、第四期時，就無法藉由手術完全去除所有的癌細胞。視轉移的狀況和其他因素，有時甚至幾乎完全不加以切除。

中午左右，我離開了圖書館。

在前往千葉的黃色電車中，我翻閱著資料。

手術後，要針對殘留的腫瘤進行治療。以前通常使用放射線療法，但最近主要以使用抗癌劑的化學療法為主。

抗癌劑對卵巢癌的效果較為理想，因為抗癌劑主要可以進一步攻擊癌細胞，倘若重複使用，就有可能徹底消滅癌細胞。只要抗癌劑有效，在出現某種程度的副作用之前，都會繼續使用。

抗癌劑有許多不同的種類，效果因人而異，副作用也因人而異。噁心、嘔吐、掉頭髮、手腳麻痺、白血球和血小板減少是常見的副作用；改變飲食、使用藥物，有助於緩和副作用。在治療結束後或是停藥期間，副作用就會消失。

除了這些『目前的標準治療』之外，有時候也會選擇『臨床試驗階段的新治療方法』。近年來，治療卵巢癌的技術突飛猛進，即使在第三、四期時發現，長期生存的病例也大為增加。

資料中，有一份五年生存率的數據。

第三期為百分之三十左右，第四期則只剩下不到第三期的一半。

我在千葉車站轉搭公車，前往她的老家。闔上資料夾，我隨著公車搖晃，窗戶的風景漸漸後退。

——徹底的理解，這是我必須做到的。

我已經了解她目前的處境，以及今後治療的進程，卻很難從這些理解中找到希望。那裡所存在的，是負數的希望，即使一切順利，也已經從零倒退了好幾步。長期生存病例、子宮切除、五年生存率……資料中出現的詞彙字字句句刺進我的心。太不近人情了，這種疾病未免太不近人情了。

她必須對抗的疾病，她必須接受的事實，她能夠承受這麼沉重的負擔嗎？我真的能夠成為她的精神支柱嗎……我在內心的暗潮洶湧中默唸著。我能為她做的事，我力所能及的事，要思考我能為她做的事。

我像唸咒語般一再重複著。我力所能及的事，對她有益的事，我必須緊緊抓在手上，緊緊地擁抱——

公車停了，又繼續向前駛。

我想起她應該看過相似的內容，想到了她的不安。她向我說明病情，在不安和恐懼中，向我說明了病情，內容通俗易懂。對照我查到的內容，才發現，她的說明既正確又容易理解，而且恰到好處。

簡直太完美了。想到這裡，眼淚不禁奪眶而出，我拿出毛巾，壓住整張臉。

公車停了，又繼續向前駛。

我哭了，淚水不停地流。扭曲著臉，眼淚不斷傾瀉而出，溫熱的空調和椅子傳遞的震動籠罩著我。我低著頭，不停地哭泣，努力不讓自己發出聲音。

公車向前駛，又經過兩個公車站，廣播裡傳來單調的聲音，預告下一個車站。

我抬起頭，擦乾了眼淚和鼻水，不出聲地擤了鼻涕，慢慢調整呼吸，把毛巾揉成一團，用力握在手中。

丟掉吧。我在心裡想著，像祈禱般地想著。把濕濕的毛巾丟掉，用力抓住該緊握在手的東西。

23

到達目的地的公車站，我下了車。

我目送著公車關上車門，離我遠去，把揉成一團的毛巾丟進公車站旁的垃圾桶。

站在不遠處的男人看著我。男人露出微笑，向我欠了欠身。

這個熟悉的男人，正是她的父親。

『好久不見。』我連忙向他打招呼。

『你好。不好意思，讓你大老遠趕來。』

『不，我突然上門造訪，才不好意思。』

他微微一笑，指了指馬路旁的家庭餐廳。

『我們去那裡聊一聊吧。』

『好。』

她父親轉身邁步，我緊跟在他身後。

好幾輛車子駛過我們身旁。她的父親身材高大，我跟著他走上樓梯，走進餐廳。

服務生過來點餐，我點了咖啡，她父親點了紅茶。零零星星幾個客人的餐廳裡，輕聲播放著巴洛克音樂。她父親用小毛巾擦了擦手。

『……真是青天霹靂啊。』

『是。』

她父親目不轉睛地看著我，他有一雙深謀遠慮的眼睛。

『我查了不少資料，這種疾病很嚴重。』

『是。』

我端正了坐姿，繼續說。

『我認為不需要太在意統計數據。比方說，關於五年生存率，那些至少是五年前發現的病例，如今，情況應該不太一樣了。』

上午一直在思考的想法脫口而出。

『而且，這其中也包括了八十歲的人罹患了卵巢癌，最後是否能夠活到八十五歲的病例。當我們提到生存率時，往往容易和生存機率相互混淆，但我認為，並不是這麼回事。』

『對，對，你說得有道理。』

她父親點頭如搗蒜。

『對不起，』我說：『我沒有及時發現。雖然住在一起，卻什麼都沒有發現，我真的很後悔。』

『那也是沒辦法的事，這種病沒有自覺症狀，這也是沒辦法的事。藤井君，不是你的錯。』

咖啡和紅茶從後面端了上來，我閉上了嘴。

服務生放下咖啡和紅茶後，轉身離開了。

『佳美也說，如果沒有你，她可能還不會這麼快去醫院。』

『但是，』我說：『讓她早一點去醫院，是我唯一能做的事。』

『也許吧。』她父親嘆息般地說著。

我看著杯子上的水滴。水滴沿著杯子側面滑落，在桌上形成一個圓弧的軌跡。已經無可挽回的事，在內心留下了殘缺，殘缺或許很小，卻很深。

『我❽很感恩。』

她父親提到自己時，用了『僕』這個字。

『如今，有你陪在佳美身旁，我真的很感恩。』

他用深邃的眼睛看了看我，靜靜地垂下眼睛。

他心不在焉地把紅茶壺的手把往下壓，將紅茶倒進杯子。窗邊的座位可以看到行經的車輛。

『你最近工作很忙嗎？』

『……對。』

我簡單地說明了目前的情況。我說：『忙歸忙，但我打算每天去醫院。』

『你不要太勉強了，搞不好，會住院很久。』

『是。』

她母親會在非假日去醫院，假日則換她父親；她哥哥住在仙台，無法成為戰力。

然後，我們討論、確認了許多事宜。她目前的情況、開刀醫生的事、第二意見（徵求其他醫師的意見）的事、告知同意書（病患在接受充分說明後，同意接受醫療行為）的事，還有住院費和出院後的事。

喝完咖啡後，服務生端來續杯的咖啡。

不知不覺，已經三點了。

❽原書為『僕』字，意在強調她父親表現出對等的態度。

『走吧。』她父親說。

我們起身走出餐廳，一起踏上通往她家的路。

24

走了不到五分鐘，就到她家了。

正當我在玄關和她母親打招呼時，她從二樓走了下來。

一看到我，她就笑著說：『嗨，好久不見。』

她穿著黃色連帽衣，深藍色運動褲。已經兩個星期不見的她，穿著我從沒看過的衣服。

走進客廳，四個人一起喝著茶。客廳的茶櫃上放著之前在她租屋處看到的京都旅遊紀念擺設。

她父親叫我藤井君，她母親叫我藤井先生。

『藤井君是岐阜人，是吃圓年糕❾吧？』她父親問。

她母親說：『聽說是以關之原為分界線。藤井先生，你喜歡吃比較鹹的吧？』

『那當然，岐阜人嘛。』她父親回答說。

每次當她父親說了不好笑的冷笑話時，她母親就會捧場地發出爆笑。

她做出『一點都不好笑，對不對？』的表情看著我。其實有時候還滿好笑的，以機率來說，差不多是兩成五。

『佳美和爸爸很像。』我說。

『是嗎？』她父親高興地說。

『聽到藤井君叫我爸爸，還真有點不好意思。』

『我也覺得很不好意思。』

哈哈哈。她父親笑了。他們的笑容也很像。

❾日本東部和西部吃什錦糯米年糕湯時，加入年糕的形狀不同。福井縣、三重縣等西部都吃圓年糕，東部吃方年糕。

體貼的父親和開朗的母親，快樂的女兒和遲鈍的男朋友。當我們這樣聊天時，會覺得在電車上看到的那些資料都是虛構的。

『好了，該讓年輕人單獨聊一下了。』她說道。逗得她父母哈哈大笑。

她從母親手上接過裝了茶和茶點的托盤。

『我來拿。』我說。接過托盤，我跟著她走上二樓。

跟著她走進六蓆大的房間，這個房間在兩個星期前還是她父母的臥室，三年前曾經是她的房間。

先走進房間的她，靠著牆壁坐了下來。

『妳也有這種連帽衣喔？』

我坐在她身旁，把托盤放了下來。

『嗯，』她說：『那是我高中時穿的。』

我轉過身，和她接吻。

當我們分開時，她『嗯』了一下，說：『在老家接吻還真有點不好意思。』

『剛才妳爸也很不好意思，因為我叫他爸爸。』

『哈。』她笑了起來。

『你們來家裡之前，都說了些什麼？』

『很多啊，探病的時間分配，出院後的事，還有第二意見。』

『喔。』

『對了，』我問：『有沒有什麼東西要我從家裡帶過去的？』

『應該有吧。』

她準備了一張紙，把要帶的物品列了一張清單。居家服、ＣＤ、書。她需要的物品比我想像中的少，我不禁沉默了起來。

『我星期二晚上會幫妳拿過去。』

我把清單折好放進口袋。我們牽著手。

放在地上的小型加濕器發出『可噗、可噗』的聲音。

『聽說，』她說：『手術本身並不難。』

雙腿伸直的她，看著大腳趾說。

『不過，醫生問我日後有沒有生孩子的打算。醫生說，如果是第一期，視情況可以留下子宮，但如果是更後期，恐怕就無法留下了，畢竟攸關性命。』
她的手在我手上微微動了一下。
『當時，我只能回答知道了。這也是迫於無奈，因為，沒有其他方法了。』
『嗯。』
『也很快就決定動手術了，根本沒有時間猶豫和煩惱。』
我握緊她的手，不知道可以對她說什麼。
『現在，專心想著怎麼治好病吧。』我說：『等妳出院後，我們恢復之前的生活，就結婚吧。』
『嗯。』她閉上眼睛，然後張開。
『如果切除了子宮，情況就和以前不一樣了。』
『沒有不一樣，完全沒有不一樣。』
『……是嗎？』
『那當然。』
『和之前構想的未來不太一樣了。』

『沒有不一樣。』我說：『構圖或許有變化，但整個畫面的顏色沒有變，絕對沒變。』

『……』

『我相信，一定可以畫出比之前更棒的畫。』

『……嗯。』

我們牽著手，看著加濕器冒出的蒸氣。蒸氣擴散到十五公分左右就消失不見，溶化在房間的空氣之中。

『我一定要活下來。』她說。

我緊握她的手，閉上眼睛。我的女朋友真了不起。

『可噗可噗可噗。』蒸氣不斷地裊裊升起。

『妳真了不起。』

稱讚她的話脫口而出。了不起，真厲害，比任何人都了不起。

她緩緩將頭靠在我的肩上。

我力所能及的事，思考我能為她做的事，對她有益的事，我必須緊緊抓在手上，緊緊地擁抱——

我撫摸著她的頭，不停地稱讚著她。

25

一週過去了，她生平第一次住進醫院。

她聽取手術的說明，接受了簡單的檢查，做了手術前的抽血檢驗。

病房位在五樓朝東南方的房間，從窗戶可以看見盛開的櫻花樹。

『已經春天了。』她說。

在我和她父母輪流探病的陪伴下，她靜靜地度過了一星期。

終於到了星期四。

早晨九點，她打了麻醉睡著了。

手術超過八個小時。醫生憑肉眼判斷是第三期，切除了病灶，但癌細胞已經轉移至腹膜，仍有許多無法切除的小腫瘤。

手術後，她躺在擔架床上被送進術後恢復室。

在醫生發出探病許可後，我和她父母進入恢復室。她靜靜地在恢復室的床上睡著，渾身插滿了管子。我們呼喚了好幾次，她才張開眼睛，看到我們之後，她似乎笑了笑，又陷入沉睡之中。

夜晚過後，我們相繼鼓勵著深受手術後遺症所苦的她。她的胃部極度疼痛，醫生禁止她進食，也無法活動。

捱過痛苦的二天，她終於離開了恢復室。吃了幾天流質食物，第六天，已經可以正常飲食。雖然腹部仍然疼痛，但她說可以忍受。醫生說她手術後的恢復很順利。

慢慢地，慢慢地，她恢復了安靜的住院生活，她已經可以翻身，也可以行走了。我為她削蘋果皮，和她一起吃蘋果。星期天，和她一起去醫院內的咖啡店，在溫暖的咖啡店內，我喝紅茶，她喝柳丁汁。有時，她會默默無言地看著窗外的葉櫻⑩。

手術後兩星期，正式的病理診斷報告出爐，是IIIc期的性腺細胞特定間質細胞卵巢癌，已經轉移到淋巴節。

如果癌細胞轉移到淋巴節，就代表癌細胞很可能已經擴散到其他地方，不及時治療，可能會轉移到肝臟和腸道。今後，將藉由化學療法，消滅擴散的癌細胞和轉移到腹膜部分的腫瘤。

下一週就要開始化學療法的療程，每個療程服用三星期的抗癌劑，總計六個療程。化學療法對性腺細胞特定間質細胞卵巢癌發揮的作用有限，預計之後的情況並不理想，但也有徹底根治的病例。

週末時，她暫時回家休息三天，聽說她在家裡吃了壽司。雖然她瘦了，但已經恢復食欲。她在電話裡笑著說，米飯真香。

她回老家的期間，我利用假日加班。

她動手術時，我向公司請了兩天假，之後，幾乎每天都準時下班，所以已經積壓了一大堆的工作。看著Kestrel即將投入生產的進度表，我考慮著以後的事。

她應該會在醫院裡住上一段很長的時間，我在內心向自己確認般地想道，要儘可能地陪在她身邊，陪她說說話。為此，我必須先把工作處理好。

醫院規定的面會時間到九點，所以只要準時下班，就可以陪她將近兩個小時。每週安排兩天準時下班，再加上週六、週日，一星期就可以有四天去醫院。不去醫院的日子，就要徹底加班，可以在家裡和電車裡完成的工作，就積極帶回家。要有計畫、有規律、長期地做下去。

我獨自在空無一人的辦公室裡畫設計圖。在辦公室時，必須強迫自己將注意力集中在眼前的工作上。

回老家休息結束後，她又帶著毛巾被和枕頭住進醫院。

第一天，做了一些簡單的檢查，次日就開始打點滴，注射抗癌劑。

我們擔心會因此產生副作用，她卻說沒事，沒事。

⓾ 櫻花紛紛掉落的同時，嫩葉開始冒芽，也是賞櫻的另一種樂趣。

事實上，也暫時沒有明顯的症狀，只是關節有點疼痛而已。她穿著雨傘圖案的運動衫在醫院裡散步，我們偷偷跑到醫院的屋頂，在刺眼的陽光下眯著眼睛，眺望著下面一片新綠。

住院生活比想像中更平靜。我按照原定的計畫，在辦公室和醫院之間奔波，不去醫院的日子，六點在員工食堂吃飯，加班到末班車的時間，回家倒頭就睡。

26

時序進入六月。

醫院周圍已經吹起初夏的風。服用抗癌劑也已經進入第二個療程了。

『我的體重變輕了。』她說。

『減輕多少？』

『差不多一石左右。』

『一石？』我笑了，『差不多一塊壓泡菜的石頭大小。』
看到我笑，她也笑了起來。
『還有，開始掉頭髮了。』
『是嗎？完全看不出來。』我說。
事實上，如果她不說，真的看不出來。
『早晨起床時，枕頭上都掉了很多。』
『妳在意嗎？』
『不會，完全不在意。不管掉多少頭髮都無所謂，比嘔吐之類的好多了。』
『妳真厲害。』聽到我的稱讚，她嫣然一笑。
『已經六月了。』我一邊按摩她的右腳，一邊說。
『時間過得真快。』
最近，我們之間很流行腳底按摩，床頭的書架上，還有一本關於穴道的書，是我在便利商店買的。
『咦？那是幾號？』她說。

『六月。』我說。

『二十三號。』她說：『不對。咦？』

『是十一號。』

『是喔，對不起。』她說：『我的記憶力好像變差了。』

『沒這回事。』

『誰知道。反正，以後所有的事，都要由你來記了。』

『好啊。』

我繼續為她按摩腳。以後所有的事，都要由你來記了。我把差一點在胸中引起迴響的這句話趕出腦海。

『怎麼樣，舒服嗎？』

『嗯，你的技術大有進步呢。』

我從腳底移到小腿，輕輕地撫摸著。

『對了……』

我告訴她我去參觀公司柔道場那件事，告訴她已經練習了怎麼被摔。在那之後，發生了太多事，一直沒機會提起。

『等妳出院之後，我們去看看吧。』

『好啊。』她說：『不知道我能不能把你摔倒？』

『當然沒問題，我是很好的被摔者。』

她快樂地笑了起來。不知道是不是因為白色會反光的關係，醫院的室內比辦公室和家裡充滿了更多光線。六月濃烈的陽光在病房裡跳動，創造了一個溫馨的空間。

『十一號那天，我想送妳禮物。妳想要什麼？』

『呃——』她發出聲音，『現在最想要的，就是健康囉。』

『那當然沒錯，但我說的是物品喔。』

『那麼，護身符好了。』

『護身符嗎？』我想了一下，『我去成田山求一個，好不好？』

『不是那種，我想要一個盒子，我想要你幫我做一個絕對打不開的盒子，作為我的護身符。』

『打不開的盒子……』

『對。絕對無法把裡面的東西拿出來的盒子。裡面雖然沒放什麼東西，但絕對打不開。』

『要多大的？』

『差不多這麼大。』

她用中指和大拇指圈出一個圓環。

我在腦海裡畫了一個三公分的立方體。裡面雖然是空的，但絕對打不開的盒子。

『這種事，就交給我吧，我去試製室做就好了。』

『絕對打不開嗎？』

『打不開。就連亞歷山大・卡列林⑪也打不開，大象踩在腳底也壓不壞。』

『真堅固。』

『可不可以等Kestrel告一段落之後再做？』

『嗯。』她又開心地笑了起來。

不久之後，副作用越來越嚴重。

首先，她完全沒有食欲，嘴巴裡總是苦苦的，即使努力強迫自己吃一點東西，也馬上想吐。背部和腳也開始疼痛。

我每天去醫院報到，持續為她的腳按摩。

在第三個療程開始時，她的頭髮幾乎都掉光了。

她穿著雨傘圖案的運動衣，戴著毛線帽，對抗著嘔吐、疼痛和手腳麻痺。

無情的副作用一天比一天強，我持續為她按摩手腳，激勵著她。當我削好蘋果皮，她只能吃上一小口。

檢查後，發現指標數值有所好轉。她說：身體的細胞在為我打拚，我自己更要堅強。我和她的父母只能鼓勵她，陪伴在她的身旁。

總之，只能充滿信心地陪伴在她身旁。

⓫ Aleksandr Karelin，俄羅斯摔角選手，有『西伯利亞熊』之稱，蟬聯三屆奧運冠軍。

27

夏天到了。

治療進入了第四、第五個療程，副作用像爬樓梯般越發嚴重起來。之前就已經夠嚴重了，但現在才發現，那只是暖身運動而已。

疼痛和嘔吐已經無法用藥物控制，飲食也幾乎無法攝取，持續低燒不退；血小板和白血球減少也是很大的問題，只要不小心感冒或是有些微的出血，就可能變得極其嚴重。隨著夏意漸深，她的身體也越來越衰弱。

在第六個療程之前，醫生安排了一段較長時間的停藥期間。為了讓她增加體力，她母親準備了她喜歡的食物送到醫院，但她總是淺嚐幾口而已。

這是最後一個療程了。我們每天去醫院時，幾乎都抱著祈禱的心情。她瘦小衰弱的身體持續承受著副作用，體重已經減少了十三公斤。

她持續在生死邊緣攻防，還有一星期……還有五天……還有三天……我和她父母緊緊握著她的手。

終於結束了，即使我們這麼告訴她，她的表情也沒有變化。妳熬過來了，我、她的父母和護士圍著她說話，她終於露出鬆了一口氣的表情。

結束長時間的藥物治療後，副作用也漸漸消失了。她攝取飲食和睡眠，努力使體力恢復。

醫院外，已經是十月天了。

工廠內，KestrelⅡ已經投入生產。

為了因應初期的瑕疵品，我經常在廠區裡走來走去，但無論怎麼調整，仍然有瑕疵品出現，根本無法去醫院探病。

生產線結束後，我又回到ＣＡＤ室，畫訂正圖，有時候甚至睡在公司。總之，必須儘可能使生產趕快上軌道，我才可以回醫院。

疲勞和睡眠不足，讓我的腦袋像麻痺般沉重。

她接受了大規模的檢查。

醫生把結果告訴她的父母。

化學療法雖然發揮了作用，卻仍無法達到根治的效果。前四個療程的效果尤其顯著，但最後兩個療程卻沒有太大的功效。考慮到和副作用之間的平衡，醫生認為不應該繼續治療。

醫生建議使用一種新的抗癌劑，她和她父母對此進行了研究和討論。她再三考慮之後，決定接受治療。

她說：我知道了，我再努力看看。

三天後，又開始使用新的抗癌劑。打點滴時，都會讓她有酒醉的感覺。

副作用在翌日就出現了，疼痛和嘔吐比上一次更加嚴重。這次的貧血特別嚴重，血小板減少至危險的程度，需要持續輸血。一星期、兩星期，她對抗著副作用，卻仍然不見治療奏效的徵兆。

這段時間，我仍然在工廠打拚。

在趕著出第一批貨的緊要關頭，突然發生了意外，一名負責電力工人的簡單疏失，使Kestrel一號機噴出了火苗，『砰』的一聲，所有機器都停止了運作。

工廠內陷入一陣騷動。

工人一臉愧疚地來向我道歉。我對他說：『算了，事情已經發生了。』

我拆下配線檢查，發現主機板已經完全燒掉了。

負責電力的工人不僅在操作上有疏失，而且在沒有拔掉地線的情況下，就取下了主機板。已經忙得亂成一團了，這傢伙竟然還捅出這種樓子！

在緊急指示和報告穿梭的工廠內，我獨自拆下了一號機的電源裝置。思考在頭腦外側緩緩進行，把電源裝置拆下後，先和五號機的主機板對調……然後再檢查軟體和電力的狀況。無論如何，一定要排除萬難，完成明天的ＰＤ。但之後呢……之後，只能等新的主機板進貨再說了。無論再怎麼趕，都至少需要五天。

這麼一來，又要好幾天無法去醫院了。

想到這裡，緊繃的神經好像突然間鬆懈下來。

製造部經理來到現場，開始向主任下達指示，其他人也紛紛聚集過來，開始了漫長的說明。這些毫無生產能力的傢伙只會動一張嘴，永無止境地討論著毫無建設性的內容。

這些傢伙——我的腦袋深處突然熱了起來，滿腔的怒火在胸中沸騰。

這些混蛋！我在心裡罵道。有時間在那裡耍嘴皮子，不如趕快過來幫忙！

『一星期後就要交貨了。』懶散的主任說道。

『這下問題大了。』有人嘀咕著。

『先用五號機的主機板。』經理說。他的聲音特別大，語氣中帶著得意，好像在炫耀他想到了絕妙的主意。

開什麼玩笑！這種事，用膝蓋就可以想得到了。正因為光是這樣還是沒辦法解決問題，所以才傷腦筋。這個笨蛋！

『盛岡那裡怎麼樣？』是主任的聲音。

『盛岡那裡的反應總是特別慢。』被點到名的倉儲負責人用一副事不關己的口氣說道。

『你親自跑一趟！』有人大吼起來。『你現在馬上去盛岡把主機板帶回來！馬上出發！』

我壓抑著滿腔憤怒，想要拆下五號機的主機板，但雙手不停地顫抖，腦筋一片空白，甚至無法順利轉動螺絲。

螺絲起子掉落在地上，我把頭靠在Kestrel的框架上，漸漸地，我開始覺得這些事根本無所謂。

做這種東西有什麼用？根本就不需要KestrelⅡ吧？KestrelⅠ已經可以滿足市場上大部分的需求，只要能夠印刷不就好了嗎？能夠自動分送傳輸又怎麼樣？又有誰會為曝光速度增加感到高興？這種事完全不重要，一點都不重要。

我逃也似的離開了，走出工廠，走上樓梯，衝進空無一人的廁所。

打開門，看到牆上貼著『整理．整頓．清潔』的標語。

我抓著馬桶，發出像狗一樣的吠叫聲，眼淚撲簌簌地流了下來。

淚水不停地流，我再也無法克制自己的哭聲。關上門，用力地鎖上。

她用生命和寶貴的東西在奮鬥，而我，到底在幹什麼？我到底在這裡幹什麼？

28

結果，新的抗癌劑也沒有發揮效果。

副作用比之前更加強烈，她已經極度衰弱，新藥只進行了一個療程就結束了。之後，又試了其他抗癌劑，每次都試了一個療程就結束了，因為不僅沒有看到奏效的徵兆，副作用也太強了。

治療開始至今已經超過半年。在副作用漸漸消失之後，她又接受了一次大規模的檢查。她的父母聽取了有關結果的報告。

她的父親打電話告訴我最新病情。

腹膜的腫瘤變大，已經轉移到肝臟和小腸。目前，已經沒有值得一試的抗癌劑可以用於今後的治療。持續目前的治療，已經無法使病情好轉，只會消耗體力，更不可能再動手術。她只剩下三個月的壽命了。

她母親已經泣不成聲，父親不願放棄，一個勁兒地問醫生，是否還有其他的治療方法。醫生說：目前暫時沒有了。由於第一次使用的抗癌劑效果比較理想，因此，在今後的治療中，將會少量使用這種藥物。只是，癌細胞會產生耐藥性，不知道能夠達到多少延長生命的效果。另外，還會使用一些抑制疼痛的藥物。

她父親用顫抖的聲音告訴我這些情況。我只說了聲：『我知道了。』

三個月的數字在我腦袋裡發出微光。

到底該怎麼接受這個數字？我問自己。這種事，怎麼能夠接受？無論如何，都無法讓人接受。

回到公寓，家裡和那個時候沒什麼兩樣。素描簿、兩個抱枕都依然如故，盥洗室的馬克杯裡放著兩支牙刷。即使她明天回來，也馬上可以恢復原來的生活。

我還可以活多久？為什麼不能分一半給她？

到目前為止，我們分享著喜悅、悲傷和歡笑；然而，我們為什麼無法分擔病痛和死亡？……

回過神時，我發現自己打開了廚房的水龍頭，自來水流入水槽，發出了聲音。

我用杯子裝了杯水。我為什麼要做這種事？……

我把水含在嘴裡，卻感到淡而無味。水流大聲地繼續流入水槽，我一扭水龍頭，聲音立刻停止了。低頭一看，右手正握著杯子。

如今，我握著的力氣到底是什麼？這些力氣到底為什麼而存在？我為什麼要拿著杯子？——

無法實現的願望和無法接受的事實如此沉重，我卻不知道從前是如何活過來的。

如果生命就是祈求無法實現的願望，接受無法接受的事實，我不知道以後該如何活下去。

三個月。這只是個數字而已，無法從中抓住任何東西。我能為她做的事、對她有益的事、我想要默唸的話，也只是文字而已，只是平淡而無意義的符號。

29

真的只有三個月而已。

現在回想起來，那是好寧靜的三個月。這三個月，比認識她後，曾經歌唱、歡笑、生氣的任何時光都寧靜。

我每天準時下班去醫院報到。

她很少開口說話，即使對她說話，她也只有簡單的反應。

我問她：『要不要吃蘋果？』她輕輕搖搖頭。為她按摩腳的時候，她輕聲說謝；無論我怎麼按，都無法消除她雙腿的浮腫。終於，她的眉毛都掉光，手臂細得好像隨時可以折斷。她的意志已經薄弱得幾乎透明，有時候會露出令人心酸的無力微笑。

我坐在床邊，不斷對她說話。當我告訴她『試製室的石山先生』的事，她總會露出高興的表情，所以我每天都說。

試製室就在組合屋的深處，石山先生是那裡的老大，一到午休時間，石山先生就會和總務經理下象棋，應該下了不止三千盤棋。他們兩個人是同期進公司的，關係很好，但如今在公司內的地位簡直有著天壤之別。

試製室內有各式各樣的工具，大部分東西都可以在那裡完成。如果自己不會做，只要拜託石山先生，他就會幫忙。

『這個可以麻煩你嗎？』

『好，知道了。』事情就簡單搞定了。

石山先生的手藝好得沒話說。他使用已經用了很多年的工具，以我們難以想像的精密度，製作出我們委託的零件。零件的精密度之高，已經不是難以想像可以形容的，甚至到了神奇的境界。

我們讚嘆著『好厲害』，封他為試製室天王。這種時候，大家都稱石山先生為藝術家。

我按摩著她的腳，繼續說著石山先生的故事。

沒有零件需要製作時，石山先生就在總務課的委託下，製作鞋櫃，或是把折斷的拖把柄修好，也會請他檢查電路。只要一推開試製室的門，掛在門上的鈴就會叮叮叮叮地響個不停，我們都稱之為石山機關。

試製室的正中央，有一個用花崗石做的水平工作檯，工作檯十分巨大沉重，讓人懷疑到底是怎麼搬進來的。有人說，是先設置了這個工作檯，然後才蓋組合屋的。

試製室就像是一個獨立的部門，課長的計謀、經理的人事能力，甚至董事長的威力都鞭長莫及。那裡只是試製室這樣單純的空間，一切由石山先生這位老大掌控。

令人遺憾的是，石山先生這位手藝高超的師傅並沒有徒弟。雖然應該有人想要成為他的徒弟，但從來沒有人說出來，想必說了也沒用。

石山先生退休時，試製室也將結束漫長的歷史。天王離去後，徒留下空城。試製室這個照不到陽光的空間，和巨大的水平工作檯將會一直留在那裡。

我握著她的手，她閉上眼睛。我每天握她的手，直到她進入夢鄉。

二月十一日，星期天。

她張開眼睛，說想要喝牛奶。

牛奶。我略微驚訝地去商店買了紙盒牛奶。她自己坐起來，用吸管喝著牛奶。好久沒有看到她的笑容了，她的雙眼也恢復了精神。

我拿出她哥哥從仙台寄來的蘋果，問她：『要不要吃？』她『嗯』地回答。我慢慢削著蘋果皮。

她聞著蘋果的味道，凝視著我，用手摸我的臉龐。她緩緩做著這些動作，彷彿在確認這個世界。

我們接了吻。她柔嫩的嘴唇帶著淡淡的蘋果味。

然後，我們開始聊天，好像要彌補之前的時間般拚命聊天。

她的記憶有點混亂，一個月前的事和半年前的事混在一起，昨天的事又變成了很久以前的事。但我們還是繼續聊天，聊我們相遇的時候，聊第一次接吻，聊我求婚的時候。關於這些事，她的記憶十分明確。

終於，她說：『我有點累了。』閉上了眼睛。在我的守護下，她很快發出了均匀的呼吸聲。

我注視著她熟睡的臉龐。她熟睡的臉龐看起來像是不斷潛水的老鯨魚浮上海面換氣，又再度潛入水中。

窗外飄起了雪。

『下雪了。』

我對已經睡著的她說，但她沒有反應。我看著窗外，眺望著紛紛飄落的雪，沉重而潔白的雪不停地落下。

將視線移回病床，發現她正看著我。我也凝望著她，說：『下雪了。』

她沒有回答，只是直直地注視著我。即使我對她微笑，她也毫無表情，始終直直地看著我。我握緊了她的手。

——我想要好起來。

她的聲音很微弱，好不容易才能夠聽到。一行眼淚像快轉似的從她的眼角滑落。

沒事的。我說。——沒事的。——絕對不會有事的。我重複說道。——沒事的。

我像白癡一樣重複著。——絕對不會有事的。

終於，她閉上了眼睛。

窗外的雪，不停地下。

第二天，她的眼睛再也沒有張開。

她偶爾張了張嘴，似乎想要說什麼，但很快又閉上了。即使握著她的手，也幾乎沒有反應。

她被送到另一個房間，裝上了呼吸器。

我只是陪在一旁，甚至不知道自己該對她說些什麼，不知道該祈求什麼，不知道該想什麼，該祈禱什麼。我只能緊緊地、緊緊地握著她的手。

這樣過了三天。

她在我和她父母的陪伴下，靜靜地離開人世。

第四章 盒子裡的東西

30

叮叮叮。

門上的掛鈴響了起來。

巨大的水平工作檯坐鎮在空無一人的試製室內。車床、銑床和研磨機等加工器具都圍繞在四周。

我坐在水平工作檯前。冰冷的工作檯，巨大的花崗石讓人感受到的不是重量，而是重力。

拿出事先準備的一塊三毫米厚的板金，畫好格子，打開後方的雕刻機開關，沿著線裁下板金。鋸刀旋轉的聲音高亢地迴響在充滿工業油的試製室內。

用老虎鉗夾住裁好的L字板金，用鎯頭敲彎。

石山先生不知道從哪裡回來了，看著我工作。

我把已經完成的兩個零件遞到他面前。

『我要焊接，你可不可以幫我？』

『焊接？』

我把兩個零件組合在一起。『我要焊這裡。』我指著立方體的邊。

石山先生接過零件，轉到不同的角度審視著。

『我想要做一個絕對打不開的盒子。』我說。

『打不開的盒子？』

石山先生一臉狐疑地看著我。

『只要把這裡焊起來就好了嗎？』

『對。』

『全部嗎？』

『對，要焊得很密合。』

我跟著石山先生走到隔壁房間，他把零件放在水泥地上，用夾具固定。試製室天王戴上焊接面罩，拿起了焊接棒。

『你退後一點。』

我在一旁欣賞著天王的作業。

他的手前端閃著藍白色的光。

隨著『嘰——』的尖聲，盒子在藝術家的手中閉合了。

春天走過了一半，她已經溘逝一百天了。

她拜託我的盒子現在才做好。或許我應該早一點做好，親自交到她手上，我真的應該這麼做。然而，這種事已經無關緊要了，因為她早就不在了。

我把盒子放在桌上，把燒酒倒進杯子裡。

家裡仍然和那時候沒什麼兩樣。抱枕還在，素描簿也在，拖鞋、ＣＤ和放了兩支牙刷的馬克杯也依然還在，唯獨不見她的身影。

她的人際關係很好，告別式上，來了很多親戚、老同學和公司的同事。

所有人都在哀悼她的紅顏薄命，為她掬一把淚。她的母親潸然淚下，她的父親和哥哥強忍著淚水。

雖然他們希望我站在前面，但我仍執意站在葬儀式會場的最後方。我站在那裡，要把深愛著她，為她送行的每一個人深深地烙在心中。
葬禮是一種莊嚴肅穆的儀式，只有和尚的唸經聲、『咚、咚』的敲木魚聲，還有啜泣的聲音滲入內心。
我閉上眼睛，試圖思考有關她的往事，卻只能為她的安息祈禱。雖然明知道不應該這麼簡單，但腦海裡卻只浮現這個念頭。
最後，她父親上台致詞，表達對她的感謝和愛。她父親語帶哽咽地回憶，她的生命多麼充滿光輝，為周圍帶來多少希望。
——我們將在未來的餘生中，永遠緬懷和妳共度的時光。
最後，她父親再也無法克制地嗚咽起來。
終於到了出殯的時間，最後一次為她送行。然後，她被燒成了雪白的骨灰。
我回到家裡，把喪服掛在衣架上。
去旅行吧。
我曾經有過這個念頭，但這種行為似乎和她的死格格不入。

辭掉工作吧。

我也曾經有過這個念頭，然而這種行為似乎也和她的死格格不入。

結果，我每天喝酒，不願面對任何事。

一百天以來，我每晚都把自己灌醉，為她流淚。

杯子空了，我又倒滿燒酒，接連喝了三杯。

思緒總在相同的地方打轉，總是情不自禁地想起那一天的事。

她『嗨』了一聲，走進這個房間。

然後，她說：『小女子不才。』

我們緊緊握著手。

我拿出素描簿，翻了開來。

那天寫完日期之後，她闔上了素描簿。

無論生老病死，
無論喜怒哀樂，
無論富裕貧窮，
都誓言相親相愛，
相互扶持，
不離不棄，
廝守一生，
你願意嗎？

7月7日

我願意

然而，在日期旁，卻小小地寫了幾個字——『我願意』。

不知道她是什麼時候補上去的。

眼淚掉落在紙上，滲入用４Ｂ鉛筆寫的字。我們在發誓『我願意』後，我曾經想像著明年的今天。明年。那是永遠都不會出現的七月七日。

我想起了撒向七月天空的米粒。

她和撒下的米粒。米粒雨在空中畫下了漂亮的軌跡——陽台上或許還殘留著米粒，我突然如夢初醒般地想道。

『要去找找看。』

我踉蹌地拿著手電筒，走到陽台上。

『一定找得到。』我心想。

我把燈光照在陽台的每個角落，蹲下來仔細找，絕對可以找到一顆米粒。如果找到米粒，我要放進那個盒子，只要用鐵鑽打個洞就好；把米粒放進去後，再把洞堵起來。

我趴在陽台上，張大眼睛尋找。

我在陽台上爬來爬去，然而，無論我怎麼尋找，都完全找不到一顆米粒。

回到房間，繼續喝著燒酒。

手和手肘都弄髒了，但打不開的盒子依然在眼前。

上一次是什麼時候拿著手電筒去陽台？我可以正確回答這個問題。

二年前的六月十一日。

——以後所有的事，都要由你來記了。

我嘴裡唸著這句話，發自內心地懊惱著。

我真是個笨蛋。她要的是一個絕對打不開的盒子。絕對打不開的盒子。這是有意義的。她想要的是一個不會受到任何東西侵蝕、永遠封閉的盒子。怎麼可以把米粒放進去？怎麼可以打一個洞？

我又倒了一杯燒酒，灌進身體裡。

桌上放著一本紅色的存摺。在那之後，增加了幾行交易的明細，但在一年後就停止了。

『要卡通圖案的存摺？還是普通的？』櫃台女行員的聲音在我腦海中甦醒。

早知道就選卡通圖案的存摺，或許她就不會死了。
思緒總是在相同的地方打轉。
早知道我應該更認真地跳退燒舞，應該多轉幾圈的；也應該馬上帶她去柔道場，讓她一次又一次地把我摔在地上。

即使分解、清洗，即使重新組合，都無法把失去的東西再找回來。

在得知她的病情之後，我到底能夠做什麼？我不是醫生，到頭來，我真的什麼事都做不了。當她哭著說『我想要好起來』時，我安慰她不會有事的，我像白癡一樣一遍又一遍地重複：『沒事的，絕對不會有事的。』
但，怎麼會沒事呢？正因為她有事，所以才會哭啊。我有時間說這種廢話，為什麼不和她抱頭痛哭？當作自己也即將一起死去，和她抱頭痛哭，這麼一來，或許可以分擔她的悲傷……
紙盒包裝的燒酒在不知不覺中喝空了。我把紙盒丟在地上，連滾帶爬地衝進了廁所。身體稍微移動，頭腦好像籠罩了一層黑幕般發昏，整個腦袋好像擠成了一團。

我抱著馬桶，把眼淚和胃液都吐了出來，把所有的東西都吐了出來。

按下把手，嘆了一口氣，嘔吐物隨著水聲沖走了。我把身體靠在牆上，聽到心臟劇烈的跳動。

我到底在幹什麼？

我捫心自問。

這到底是在幹什麼？

故意買廉價的酒，每晚喝得酩酊大醉，醉在自己的哀愁裡，我到底在幹什麼？

——為什麼這個世界上會有病痛和死亡？

思考又繞回原地。當她降臨人世，她的周圍充滿了愛，也充滿了祝福，但是她卻死了，只剩下巨大的悲痛。沒有救贖，也沒有安慰，只剩下遺憾和後悔，絕望和無力感，無法填補的失去感和痛楚。如此而已。

難道是還債嗎？

我對生命的前提和不完整感到憤怒，也對生命體制的矛盾性感到憤怒。

我想要問蒼天，既然如此，她的生命到底有什麼意義？希望和她共渡此生的我的生命，又有什麼意義？

頭腦又開始發昏。我像死了般昏睡過去。

31

時序已經進入六月。

星期四，在下班回家的電車裡，我看到一隻蚊子在飛。

蚊子為什麼會出現在這種地方？……蚊子好像帶著某種啟示般緩緩飛行，不一會兒，就改變了方向，沒入了背景，再也看不到了。

走在屬於我們的路上，我發現一種不一樣的心情正在慢慢萌芽。

蚊子以二秒的時間前進了約一公尺。

走在通往公寓的路上，我一路思考著。

蚊子以二秒的時間前進了一公尺。

蚊子以二秒的時間前進了一公尺。

回到家，我打開素描簿，拿出計算機、鉛筆和機械設計的教科書，手裡握著4B鉛筆。

$$\frac{1m}{2s} = 0.5m/s \times \frac{1m/s}{340m/s} \fallingdotseq 0.0147\text{馬赫}$$

『蚊子是〇・〇〇一四七馬赫⑫。』

我對著空中喃喃自語著。

看到這個計算式，不知道她會說什麼？我想像著她露出開心笑容的樣子。

⑫ Mach，計算飛行體速度的單位。

『蚊子是〇・〇〇一四七馬赫。』

我又喃喃自語了一次。

我繼承了她的思想嗎？

然而……然而她已經不在了。

淚水再度奪眶而出。

我往前翻著素描簿。

她計算的地鼠馬力，她畫的牛和馬，房子的格局圖，活貓的想像圖、城堡圖，和我們的誓言。淚水滴滴滑落在紙上。

七月七日的日期，『我願意』這幾個小小的字，布克的畫，金色凸起物。

她不時留下一些感想。

『太慢了！』、『昨晚的夢』、『鐵人比賽』、『生日』、『夏威夷』、『大餅臉』、『高雅的設計』、『卡貝爾・納里亞』、『惠比壽』、『不要消沉』。

——不要消沉。

我知道。我在心裡想道。

為了她，我曾經哭泣，但今後為了她，我不能再繼續哭泣，這是還活著的我唯一能做的。

我知道，我必須停止哭泣，也要停止再藉酒消愁。

我知道。我對她說。

然而，第二天晚上，我繼續喝酒，繼續流淚。

第三天也一樣。

為了她，我不能繼續哭泣，我之前已經下了決心，我早已經下定決心了。但是，那又怎麼樣？下定決心了又怎麼樣？

即使我努力堅強，即使我努力溫柔，都已經不重要了。任何道理，任何泛論，任何警世名言，都派不上任何用場。

有人死了。徹底地死了。

一股巨大的力量把她帶走了，隔絕了和這個世界的聯繫，抹滅了我們曾經共有的時間、空間和感情。那是無法違抗的、絕望的隔絕，在所有的現象中，只有『死』徹底地發生了。

愛和生命徹底嗎？

信仰、意志和感情徹底嗎？

月亮、太陽、山和空氣徹底嗎？

我終於發現了一件事：時間。

在充滿不徹底的世界中，只有像死亡一樣徹底的時間在靜靜地流逝。

在痛楚中，時間靜靜地流逝。和以前不同種類的時間，以和之前相同的速度流逝著。沒有她的時間在內心深處堆積，只是從天而降，淤積在那裡。穿越了四季，跨越了歲月，就像飄在海上的雪一樣，在掉落的瞬間就消失了。

我喝著酒。

六月的夜，越來越深。

過了兩點，過了三點，我嘆著氣，喝著像水一樣的酒。

窗外微亮，好寧靜的夜晚。

終於，我醉得不省人事，陷入了沉睡。

聲音消失了，溫度消失了，像沉入深海般沉睡。在海底流的淚，感覺不再是淚，在溢出眼睛的同時，溶入了大海，像羊水般包圍著我。

在模糊的意識深處，我思考著。

想哭的時候，就放聲大哭吧。

可以吧……我問她。這樣可以吧……

已經六月了……沒有回答。

今天是六月十一日……我似乎聽到了她的聲音。

我知道……我對她說。我會記住的，妳放心吧……

聽我說……我繼續對她說。

沒有妳的生活……我要認真開始過沒有妳的生活……好好地睡上一晚之後，就浮上海面吧……

我要認真開始過沒有妳的生活……所以……應該可以吧……對不對……這樣可以吧……對不對……這樣可以吧……應該可以吧……

當我醒來時，已經過了中午。

我站在廚房，難得燒了壺水。我把杯子和咖啡過濾器放在托盤上，淋下大量的熱水。東、西方流派的根源是相同的，蒸氣『嘩』地被排氣扇吸了進去。

我從冷凍庫裡拿出咖啡豆，開了封，取適量放在濾紙上，慢慢將熱水沖進去。

回想起來，自從得知她生病之後，我就沒有泡過咖啡了。

我喝著咖啡，眺望窗外。

『真好喝。』我代替她想道。

喝完咖啡，我站了起來，去了附近的超市。

我把在超市買的紙箱放在房間的正中央。

衣服、內衣褲、手帕、毛巾、牙刷，我把她的物品都裝進了紙箱。皮包、鞋子、枕頭、拖鞋、鬱金香帽子。我要把她所有的物品，都塞進紙箱裡。筆記用品、工作道具、背包、餐具、存摺、書、鉛筆、抱枕、Felix的馬克杯等。

總共裝了五個紙箱。

所有的東西都裝進了紙箱。我從第一頁翻閱著素描簿，猶豫了一下，也放進了紙箱中。用膠帶封好後，塞進了壁櫥。

房間已經完全恢復到她來之前的狀態，只有絕對打不開的盒子放在矮櫃上。

32

夏去秋來。有晴天，也有陰天。

冬去春來。天冷的日子，穿得厚厚的；陽光強烈的日子，則會戴上帽子。

然後又是夏去秋來。

她去世已經兩年了。

我周圍的狀況似乎有了些微的變化，又像是完全沒有改變。

公司已經在研發KestrelⅣ，家裡也添購了新東西。只是，永遠打不開的盒子始終留在矮櫃上。

我曾經削過一次蘋果。我削蘋果的技術一流，無論拿去哪裡，都不會丟臉。咬著蘋果，我想起了國中足球隊顧問的話。

顧問說：『體力很容易衰退，但技術只要記住一次，就絕對不會忘記。』

我開始認真思考搬家的事。

只要帶著永遠封閉的盒子，就算是天涯海角，我也可以去。

33

某個假日的早晨。

老家突然打來電話，告訴我布克死了。

——我想牠就快要壽終正寢了。
母親用平靜的聲音說。
在機車修好之後，布克又活了三年多。
布克以緩慢的步調活了三年，一整天只稍微做點活動，吃一點點飼料，然後拚命睡覺。
今天早晨，布克在母親的膝蓋上靜靜地離開了，沒有痛苦，像沉睡般死了。
——我現在就回去。
我說完這句話，便掛上電話。
我去停車場把機車牽了出來，好像在寫倒置的人字般移動著機車，掉轉方向，推到小巷。
從上次那件事之後，我開始定期保養機車。
騎上機車，用力踩下發動桿，引擎一下子就發動了，排氣管冒出大量白煙。
我慢慢地握著離合器。
沿著國道北上，我順便去了加油站，一個看似工讀生的年輕人走過來，為我加了油。他胸前別著的名牌上寫著：『服務人員　石川』。

加完油，石川君平淡地說：『總共九百八十圓。』

我沒有看到加藤先生。從那時算起，距今已經超過三年了。

在石川君的目送下，我繼續沿著國道北上。騎上高速公路後，像水彩顏料般的風景不斷往後退。

快到箱根時，我看到前面有一輛保時捷。保時捷以飛快的速度前進，我注視著車身，還有車牌上的數字。

我凝視著那一點，不停地往前騎。感受著迎面的風，和不斷後退的風景，持續，凝視著那一點。

騎了四小時，終於回到老家，我看見布克的屍體。

冰冷、硬邦邦的，但表情很安詳。

雖然可能是一廂情願，但我覺得牠這一生很幸福。

被丟棄、被我撿回家，成長、衰弱，最後死在牠最喜歡的母親的膝蓋上。

我用手摸著布克的頭，對牠說了聲謝謝。

『我把牠埋在河邊吧。』

我說。

母親用布克喜歡的毛巾將牠的屍體包了起來，用浴巾再包一次，然後又拿出飼料盤、花的種子，以及殘破不堪的布球，要我把這些和牠的屍體埋在一起。布克曾經撿過無數次的布球。

我把這些東西裝進背包，背在身上。

那時候經常從懷裡探出頭的布克，如今變得好重。

來到戶外，天空是藍色的，白雲的輪廓十分清晰。我再度發動引擎。

『啪啪啪啪啪啪啪砰，啪砰。』

布克最喜歡的二行程機車引擎聲響徹整個街道。

——布克，出發囉。

我們穿過小巷，騎向圖書館的方向。

『那是我撿到布克的圖書館，你還記得嗎？』

我把機車停在當年發現布克的地方，對著牠的背說。

事隔好幾年了，抬頭仰望圖書館，發現圖書館小了一圈。

把布克丟在這裡的人，不知道此刻身在何處？在幹什麼？聽了布克這十年來的故事，不知道他會說什麼？

雖然覺得他丟棄狗很可惡，但對他並沒有什麼討厭的感覺。布克的一生很精彩，牠為周圍的人帶來幸福，自己也度過了幸福的一生。

我騎著機車繼續往前走，和當年相同的路徑，順著縣道東進。

沿著堤防騎了一會兒，我來到河畔。

停下機車，脫下安全帽。

河畔景色依然如昔，風很大，水面波光粼粼。我選了一個視野良好的地方，放下背包。

我把鏟子剷向地面，利用體重挖起泥土。

我想挖一個深一點的洞，為了讓布克安眠，我要挖一個深一點的洞。

吹過河畔的風很大，渾身流出的汗一下子就乾了。

看著挖得夠深的洞，我放下鏟子，把布克的屍體放在洞底，再將飼料盤、布球放在一旁，然後雙手合十，祈禱牠可以安息。

還有什麼東西可以陪葬？我思考著。

布克喜歡的東西……布克曾經喜歡的東西……

我回想起和布克共度的那一年時光，牠飽滿的額頭十分可愛。整天在我房間裡睡覺的布克，只要聽到時鐘的聲音，就會安心睡去。

時鐘……我回到停在一旁的機車旁。時鐘……

機車的儀表板上，綁著一只手錶，是她那天特地為我綁上的。

『我想要送給你。』

當時，她這麼說著，把手錶綁在機車上。

我拆下手錶，放在手上端詳著。

淡咖啡色真皮錶帶的手錶。我放在耳邊，聽著手錶的聲音。

『滴答，滴答，滴答，滴答，滴答，滴答，滴答，滴答，滴答。』

我可以聽到手錶輕微的心跳聲，即使在她死去的現在，手錶仍然一分一秒地靜靜走著。

我把手錶輕輕放在布克的屍體上，如此一來，布克就可以安心地長眠於此。

可以吧……我問她。可以吧……這樣可以吧……我強忍著淚水，向她傾訴著。

天色慢慢暗了下來。

我把泥土剷回洞裡，最後撒上花的種子，雙手合十。

遠處傳來電車駛過鐵橋的聲音，一陣強風吹過河畔。

坐在布克的墓旁，隔了六年，我又抽了口菸，然後插在墓上祭拜牠。

是時候了。

想到那輛機車時，我產生了這樣的念頭。這輛機車，原本就是為布克而復活的。

『你騎機車回去吧。』

她的這句話，讓機車復活了。

該讓機車報廢了，我在心裡想道。之後再搭新幹線回家吧。

河畔的天色漸漸暗了下來，夕陽從斷雲之間露出了臉，曾經和布克一起看過的夕陽依然沒變。

我把小石頭丟向河面，石頭畫出一道拋物線後，在水面上濺起了水花。

夕陽令我聯想起某個景象。

那是什麼……我全神貫注地看著這個景象。

那是一名少年佇立的景象，我好像在哪裡看過。

我再度點起一支菸，躺了下來。

少年站在草原上，那是一片映照在夕陽下的草原，光著腳的少年眺望著遠方的地平線。我的確曾經看過這個少年。

當我回想起是怎麼回事時，我差點叫了出來。

少年的景象，那是她為我留下的景象。

——思考這片草原之外，到底會有什麼的人。她說這句話時，讓我聯想到了這幅景象。

那是她為我留下的景象，象徵了生命的連鎖。

『你不認為那個人就是上帝嗎？』

她曾經這麼問過我。

我捻熄了香菸。

在漸漸變暗的天空遠方，星星隱約眨著眼睛。

我閉上眼睛，沉醉在少年的景象中。

那片景象無限擴大，我俯瞰著這片景象，最後將注意力集中在某一點上。

少年的眼睛，我窺視著少年的黑色眼睛，深邃的眸子好像會把人吸進去一般。

在這片巨大的景象前，少年到底在想什麼？

我沉入他的眼底，追逐著其中的希望、期待和好奇心。但，那雙眼睛也帶著哀愁，那是一雙在絕對的面前無能為力，卻又綻放著光芒的眼睛。

我開口問了那個少年一個問題。

自從那天起，那個問題我已經問了無數次，但現在，我依然一而再、再而三地詢問他。那是一個沒有答案的問題，甚至根本就不是問題。

我張開眼睛，緩緩坐了起來。

在那之後，隨著時間慢慢流逝，我們漸漸不再是Ｗｅ。

那是一種不可思議的感覺，在她死後，她變成了更深濃的Ｙｏｕ。

對我來說，她將永遠是Ｙｏｕ。

四周越來越暗，我又向河面丟了一顆小石頭。

小石頭的軌跡溶入夜色，很快就看不見了，只看到河面上濺起的水花。

國家圖書館出版品預行編目資料

100次的哭泣/中村航著, 王蘊潔譯. --
初版 . -- 臺北市 : 平裝本,2006[民95]
面 ; 公分. -- (平裝本叢書 ; 第245種 @小說 ;17)
ISBN 978-957-803-611-6 (平裝)

861.57　　　　95023738.

平裝本叢書第0245種
@小說 17

100次的哭泣

作　　者—中村航　　　譯　　者—王蘊潔
發 行 人—平雲
出版發行—平裝本出版有限公司
台北市敦化北路120巷50號　電話◎02-27168888
郵撥帳號◎18999606號
香港星馬—皇冠出版社(香港)有限公司
總 代 理　香港灣仔告士打道88號19樓
電話◎2529-1778　傳真◎2527-0904
出版統籌—盧春旭　　　版權負責—莊靜君
出版策劃—龔槵甄　　　外文編輯—馮瓊儀
責任編輯—施怡年　　　印　　務—林佳燕
美術設計—李家宜　　　行銷企劃—高慧珊
校　　對—黃素芬・鮑秀珍・施怡年

著作完成日期—2005年
初版一刷日期—2006年12月

HYAKKAI NAKUKOTO

如有破損或裝訂錯誤，請寄回本社更換
讀者服務傳真專線◎02-27150507
皇冠文化集團網址◎www.crown.com.tw
電腦編號◎435017　　ISBN◎978-957-803-611-6
Printed in Taiwan
本書特價◎新台幣199元/港幣67元